14

Dungeon Master

wants to sleep now and forever...

著 鬼影スパナ　Illust. よう太

絶対に働きたくない
ダンジョンマスターが
惰眠をむさぼるまで

JN103143

お隣さんの奥さん
レドラ
「少し遅刻じゃないかいロクコ?」
男装のダンジョンコア
219番

第695番ダンジョン
ロクコ
「私の親友、アイディよ」
第666番ダンジョンコア
アイディ
「よしなに頼むわ」
ダンジョン女子会♥

「魔国のお嬢様には
難しい方法でしたかにゃーん？」
ハクさんの部下の猫娘
ミーシャ

『やるわね、ミーシャ』

「ああ、吸血鬼（レイ）！
逢いたかったわ、ふふふ」

「ダンジョンはこの私、
レイが守ります！」
吸血鬼
レイ

CONTENTS

絶対に働きたくないダンジョンマスターが惰眠をむさぼるまで 14

鬼影スパナ

イラスト／よう太

プロローグ

Dungeon master wants to sleep now and forever...

「ご主人様、こちら、内容を確認していただけますか？」

「ん、ありがとうニク」

俺達は魔国からの帰りの馬車の中、執務室付き馬車とかいう頭のおかしい一品を貸し与えられてレポート作成に取り組んでいた。レポートの内容は『魔国文化における好感度及びその行動について』といったところ。

ただし俺はこの世界の言葉を書けない。なので一旦俺自身がレポートにする内容をまとめた後に口頭でニクに伝えて代筆してもらうという、若干二度手間なことが必要だった。

「うん、改めて読んでも俺のまとめと同じ内容だな」

多少の誤字や脱字、まぁこのくらいは読めるだろうという文字の間違いなんかをニクがしていても自動的に翻訳されて読めてしまうため、このあたり非常に便利だけど厄介なところでもある。

「誤字とか脱字とかしっかりした体裁とかはハクさんとこの文官が直してくれるだろ。これで完成だ。お疲れ様、ニク」

「はふ……」

ぐったりと疲れ切ったニクがテーブルに突っ伏す。お疲れ様。まさか異世界に来てまでレポートを書く羽目になるとは思わなかったが、留学生として魔国に行ったからにはこれも義務だと思う。尚、ロクコは親善大使なのでそういう義務はない。

「いやはや、それにしても魔国は大変だったなぁ」

「？　普通にしていれば、過ごしやすい国ですよね」

うん、帝国にも何人か魔国気質な人がいるが、そういう人間はとても過ごしやすい国なんだろうなぁ魔国。

「ご主人様……その、ご褒美を要求しても、よいですか？」

「ん？　ニクがそんなこと言うなんて珍しい。いいぞ」

慣れないことをして相当疲れたのだろう。俺はニクにたっぷりご褒美をくれてやった……いやまぁ、撫でてくれっていうから撫でただけだけど。ニクはご満悦だったので良し。

で、ラヴェリオ帝国の帝都に帰ってレポートを提出すると、翌日にはライオネル皇帝に謁見することとなった。もっとも行くときも謁見した正式な使節団なのだ、帰りに謁見しても何らおかしなことはない。だが、その。なんで俺が代表みたいに前に出されているんだろうか？　俺、留学期間の1カ月間、殆ど奴隷生活してただけだよ？　ねぇ。

とはいえ、文句など出せるはずもない。ハクさんが行けと言ったら行くしかないのだ。

ロクコに代わってもらうわけにもいかないし。ニクも後ろの一団に紛れてるし。

そんなわけで、ライオネル皇帝から直々にお声がけいただく栄誉を賜ることになったのだ。まぁ、その上のハクさんと普通に会話してる身としては今更な所があるが、ハクさんに弄られる所を除けばやはり威厳が凄い。さすが皇帝。

「ケーマ・ゴレーヌ男爵。この度の留学での成果――まことによくやってくれた」

「はっ」

「まさか長年の魔国との国交について、このような根本的な食い違いがあるとはな……冒険者ランクをAに上げるなら推薦状を書くが？」

「お気遣い感謝いたしますが、我が身には過分かと……」

「そうか。だがゴレーヌ男爵はいつでもAランクに上がって良いと通達しておこう」

それ結局推薦状書いているようなもんでは？　と俺は内心思ったが、まぁそれはさておいておく。

「では何か他に褒美をとらせよう。何が良いか？　希望があるなら申してみよ。ああ、ゴレーヌ村をツィーア領から独立させるとかでも良いぞ。ドラーグ村も併合するか？」

待って。待ってください。それは俺の許容量を超えている。

だが俺はこんなこともあろうかと『もし皇帝にお願いできるなら』という希望をちゃんと用意しておいたのだ。ここはまさにその出番である。

「……それでは、その、僭越ながら。俺はオフトン教でして、神の寝具を集めております。帝国には神の寝具があると聞き及んでおりますれば、なにとぞ、お力添えを願えませんでしょうか」

「よかろう。とはいえ神々の品は国宝であり、さすがに与えることはできぬ。であるが、帝国の所持している神の寝具を賃貸する権利を与える。管理者に申し出た際、ゴレーヌ男爵の必要に応じて貸し出すよう言っておこう。対価はその都度管理者に払うようにえ。

……えっと、い、言ってみるもんだな。望外の結果に、俺は口端がにやけそうになるのを抑える。ありがとうロクコ、ロクコのアドバイスで想定問答作っておいてよかった。

「帝国として所持している神の寝具は2つ。敷布団と枕だ。敷布団はクッコロ家、枕はツィーア家が管理している。後ほど一筆したためておこう」

「はっ、ありがたき幸せ」

「良い。これからも帝国のために励んでくれ」

こうして俺の謁見は終わった。

……これ実質2つの寝具ゲットしたようなものなのでは……？　えーっと、残ってるのは……ナイトキャップ、下着の2つ……だけ？　既に6つ（目覚まし除くと5つ）の神の寝具を手中に収めたに等しいぞ？　お？

「ご主人様、よかったですね」

「お、おう。そうだなニク」

神の寝具を一気に2つ（魔国で手に入れた『神のパジャマ』を合わせて3つ）も手の届くところに置かれ、一気に目標に近づいたことによる浮ついた気分とふわふわとした足取りで謁見室を出る。


そのままニクと一緒に城に滞在する間の客間に戻ると、俺達をロクコとネルネが出迎えてくれた。

「2人ともお疲れ様。ケーマ、謁見どうだった？」

「お疲れ様ですー」

「……なんでこの部屋にいるの？　まぁいいけど」

「しゃがんでただけなのでそれほど疲れてないですね」

ロクコは別の部屋をあてがわれていた（ネルネはその侍女として同部屋）はずだが、まぁ仲間を待つ間部屋にいたということでセーフだよな。あと交換留学の名目でやってきているアイディはまた別の国賓用の客室だ。

「ありのまま起こったことを話すとな。今回の留学で『神の寝具』を3つ使えるようになった……な、なにを言っているのか分からないと思うが、俺にもわけがわからん」

「本当？　よかった、昨日ライオネルさんに一言言っといた甲斐があったわね」

えっ。

「ちょ、ロクコさん？　皇帝陛下に何か言ったの？」

「え。だってケーマ、『神の寝具』を集めてるんだから丁度いいと思って」

「いや、助かるけど！　凄く嬉しいけども！」

「それにあっちからケーマが希望する褒美が何かないかって相談されたから答えただけよ？」

ちょっとまって、これ誰が悪いの？　誰の仕業なの？……いや、落ち着け、落ち着くんだ俺。よく考えたら誰も損してないし、誰も悪くない。そう、ライオネル皇帝は俺への褒美が神の寝具の使用権ってだけで出費もなくラッキー、神の寝具の管理者も貸し出す時は対価をもらえて文句なし、俺は申請して対価を払えば実質いつでも神の寝具を使えることになって大満足である。

ちょっといいことが起こり過ぎて警戒してしまったが、たまには、本当にたまにはこういうこともあるんだろう。

「どうしたの、ケーマ？」

「……いや、うん。ロクコ、よくやってくれた。ありがとう。……あ、その、あー……」

「あ？」

「あいー……んん、あ、ぃしてるぞ」

……

魔国から帰る直前で宣言した通り夫婦らしいことでもしてみようか、と思ったのだが、柄にもなさすぎることを言った気がする。しかもつっかえた。気恥ずかしくてロクコの顔が見れない……っ！　でも、反応が気になってちらりとロクコの顔を見る。

「〜〜ッ……!!」

あ、真っ赤。リンゴかな？

「ネルネ、録(と)った？」

「はいー、ばっちりですー。若干噛(か)んだのがまた可愛(かわい)らしいでしたねー」

「ええ可愛らしいの塊ね。永久保存よ！」

おい人が折角勇気出して気持ちを言葉にしたってのにからかうなよ、泣くぞ!?

「あーごめんごめんケーマ。でもね、その、う、嬉しいわよ？　私も　だから、もう言わないとかは言わないでね？」

「……うー」

「ほら、ちゅーしてあげるから機嫌直して？」

と、ロクコが顔を近づけてくる。え、あ、あの？　子供(ニク)もみてるんですよ？

——コンコン。

と、扉をノックする音で俺はびくんっと跳ねるようにロクコから離れた。

「……む。良い所だったのに」

「ロクコちゃーん、入っていい？」

ハクさん。ハクさんの声である。あとここは俺とニクのために用意された客間である。重ねて言うが、ロクコにあてがわれた部屋は別の部屋だ。なのにロクコに入室の許可を求めるということは、ロクコが俺の部屋にいることを知っているということ。マップでロクコの場所を把握しているのだろう。

……あ、危なかった。完全にハクさんのテリトリーな城内で迂闊すぎたな。

ロクコが「入ってきていいですよー」と言うと、ガチャリと扉を開けてハクさんが入ってきた。とても良い笑顔をしている。

「あらケーマさんいたの？　奇遇ね」

「ははは……じゃあ俺はこれで失礼します」

「どこ行くの？　ケーマさんの部屋はここでしょうに」

分かってんなら俺がこの部屋にいてなんで奇遇とか言ったんですかね？

「そういえばケーマさん。……ロクコちゃんと、何してたのですか？　なにやら顔が赤いようですけど？」

「い、いや、何も。さっき戻ってきたばかりですし……？」

ひぃ殺気。とりあえずロクコに助けてと目線を送る。ロクコはやれやれと小さくため息をついた。


「姉様。こっち」

「ん？　なぁにロクコちゃん」

「こっち」

ロクコが部屋にあるベッドに腰掛け、ハクさんを手招き。ハクさんはロクコに引き寄せられてロクコの横に座った。

「頭撫でて？」

「……えっと」

「撫でて？　ほら、姉様。……んっ」

ぽすっとハクさんの豊満な胸に寄り掛かるロクコ。ハクさんはびくんっと震え、ロクコの頭に手を伸ばした。……なでなでなでなで……

「ああロクコちゃん、寂しかったわぁ……留学から無事帰ってきてくれて良かった……心配したのよ本当に。あの蛮族達(たち)の国で変なことされやしないか気が気じゃなくて……！」

「ふふ、ケーマが守ってくれましたから」

「……奴隷になってたけど？」

「ケーマがワタルを手配してくれたから、同じことですよね？　こうしてちゃーんと無事帰ってきました。それが大事で、それが結果です。……手が止まってますよ姉さま？」

「う、うぬぬ……た、確かに結果的に無傷ですが……」

「だから、姉さまからもケーマのこと褒めてあげて欲しいなー……？」

撫でられつつ、ロクコの上目遣い。この子、いつの間にこんな技を!?

「……ケーマさん。よくぞロクコちゃんを無事に帝国まで連れ帰ってきてくれましたね」

「あ、ああ。はい。当然のことをしたまでです」

苦々しい笑顔で、ロクコのリクエスト通り俺を褒めてくるハクさん。いやまぁ、実際は俺も奴隷になってたしロクコはアイディと一緒に結構好き勝手に観光とかもしてたっぽいけど、余計なことは言わない。ロクコに任せる。

「ケーマの働きを認めてくれて嬉しいわ、姉さま」

「え、や、その」

「ちがうの？」

「むぅ……！」

そっとハクさんに触れるか触れないかのボディータッチで攻めるロクコ。ちょっと。何時の間にこんなテクニックを覚えたんですかロクコさんや？　魔国？　魔国でなの？　俺が見てない所で何を学んできたんだ……!?

ともあれ、俺は無事生きてゴレーヌ村に帰ることができそうだ。ロクコありがとう、ありがとうロクコ。大事なことなので2回言いました。

第Ⅰ章

さて、そんなわけで留学からの帰還なわけだが――

「もちろん、私はロクコ達と行く心算(つもり)だけど？」

「まぁ、そうなるわな」

こちらもアイディの所にお世話になっていたのだから、アイディがこちらのお世話になるのも当然の話である。とはいえ、そのことを俺達はこのハクさんのお茶会で初めて知った。

ミスリル製のティーカップから一口お茶を飲む。……ふむ、どこの茶葉かはさっぱりわからん。が、ちゃんと紅茶の味がする。俺もハクさんを前にして食べ物の味が分かるとか随分成長したもんだ。

「というわけだから、666番のことはよろしくねケーマさん」

ロクコを膝の上に座らせて撫でつつハクさんが言う。そろそろ離してあげ――いやなんでもないです。どうぞご堪能下さい。

「分かりました。とりあえずここからゴレーヌ村までは1日もあれば帰れますかね」

と、俺は留学の行きにも使ったルートを思い浮かべて逆算する。アイディには【収納】

に入ってもらえば、うちのダンジョンを使ったショートカットルートが使えると思う。

「それだけど、折角だし観光していきたいわ。帰りはともかく行きくらいは途中にある町とか見たいのだけれど」

　行き、ああ、俺達にとっては帰路だけどアイディにとってはそうなるよな。

「……あまり寄り道は——」

「あら良いわね。私も前に言った町にもう一度行きたいと思ってたところなのよ」

「——ドルチェを補佐に付けるわ。あまり移動に日をかけるのも良くないでしょうし」

　却下しかけたハクさんだがロクコの支援攻撃によりあっさり意見を翻した。

　ドルチェさん。ハクさんの配下のレイスで、帝都にある闘技場の支配人をしているらしい四天王の1人だ。もちろん単独で多人数を連れての【転移】が使える。

　ドルチェさんが手伝ってくれるなら心強い。多分俺より魔力(マナ)量多いだろうし。さすが四天王。尊敬しちゃうね四天王。ただしミーシャは除く。だってミーシャなので。

「ドルチェを返す時は【収納】を使って『白の砂浜』まで運んでくださいね、ケーマさん」

「わかりました。……そうか、便利だな【収納】、そういう使い方もできるのか」

「どちらかといえば、これほど飛び地になっているサブダンジョンが特殊なのですけれどね。まぁお父様のなされたことですから」

ちなみに通常は初期拠点から離れた場所になるほどダンジョン領域の指定にかかるDP（ダンジョンポイント）が重くなっていくらしい。ミカンのウサギダンジョンくらいであれば問題にならないが、ある一定の距離を超えるとがくんと増えていくんだとか。ハクさんの巨額のDPをもってしても『欲望の洞窟』の隣にハクさんのダンジョンがなかった理由が判明した。

……そういえば『白の砂浜』の領域広げたことなかったな。あの時は特例がかかってたらしいけど。

「ん？　でもそういえば魔国ではダンジョンバトルで領域をやり取りしてるって話じゃなかったか？」

「ええ。魔国内のダンジョンバトルではそういうルールが適用されるように爺様（じいさま）が父様に頼んだって聞いたことがあるわね」

「へぇ」

アイディの回答に、やはり『父』の匙加減（さじかげん）次第なんだなと特に感慨もなく納得した。

さて、そんなわけだが俺達がダンジョンに向けて出発するのは翌日のこととなった。

何故（なぜ）すぐに出発しないのかって？　そりゃ帝都観光――というか、ウサギダンジョンに顔を出すためだ。ミカンにDP払う必要があるし、564番にも一応会っておきたいし。

「ね、久しぶりにライブ見て行きましょうよ！　アイディもいいでしょ？」

「構わないわよロクコ」

というわけで、俺達はミカンのライブ用ダンジョン――『ウサギの休憩所』へ向かうことになったからだ。ドルチェさんとの合流も明日になった。

「……ウサギたちに会うのも久しぶりな気がします」

「私は初めてなのでー、楽しみですねー？」

ニクとネルネも乗り気だ。ちなみにワタルは居ない。既に休暇は終わり、借金勇者として帝国の平和を守るお仕事に戻ったからだ。借金を清算した暁にはネルネに求婚する権利をやるから頑張ってくれ。

というわけで【転移】を使って『ウサギの休憩所』奥、スタッフルームまでやってきた。到着するや否や、ダンジョンの配置機能でオレンジ色のウサギ型コア、ミカンが出迎えてくれた。

「ケーマ、来るなら連絡くらい入れるきゅよー。このあいだぶりきゅねー」

「ようミカン。そうだな、メールするべきだったか」

「まーいいっきゅよ、いらっしゃーい」

もふっとした小さな手と握手する。ついでにミカンにツケていた分のＤＰを譲渡。魔国から帰国したし手持ち残高もまだ十分あるので払えるときに払っとこう。借金があると気持ちよく眠れないからな。

「確かに受け取ったきゅよー。それでケーマ、支払いだけって感じじゃないきゅよね？　今日はロクコとアイディもいるし。今度は何を企んでるきゅか？」

「ただの観光だな」

「観光て。……今更きゅねー？」

実際この『ウサギの休憩所』は俺達が協力して作り上げたダンジョンなので見るまでもなくどこに何があるかも把握してる程。アイディもここについては同様。今の面子で初めてここに来るのはネルネだけか。

「まー、それならそろそろライブの時間きゅね。見てくきゅか？　最前列はさすがに埋まってるけど、見やすい所に関係者席を用意するきゅよー」

「お、いいわね。行きましょうアイディ」

「ええ」

と、ロクコとアイディはミカンからチケットを受け取ってライブ会場の広場へ向かっていった。チケットは、イチゴファンクラブの会員に渡せばいいらしい。

俺？　俺は疲れるからここでモニター使って観るとするよ。あ、ニクお茶ありがと。

「んきゅ、そういえば、サイリウムを記念品としてお持ち帰りする客が思いのほか多いから補充を頼もうと思ってたところだったんきゅよ」

「おっと。置いてった在庫も尽きてきたか？　ネルネ、帰ったら補充分の生産頼む」

「わかりましたー。また作っておきますねー？」

ネルネの返事に、ぴょこんとミカンの耳が動いた。

「おー！　おめーがあの魔道具作ったヤツきゅか！　回収して魔石の交換するだけでまた売れるきゅからねー、楽ちん大儲けきゅよ！　ありがとうきゅよ！」

「いえいえー、魔石の交換には専用のカギが必要というマスターのアイディアがあってのことですよー」

ネルネにもふもふと感謝のハグをするミカン。うん、鍵といっても三角ドライバーみたいな特殊工具の話だけどね。お手軽に稼げていい感じのシステムだよ。ミカンが大喜びするのも頷ける。もふもふしてるソルジャーラビットがせっせと魔石交換してるのは中々和める。

「実際に売られているトコ見るきゅか？」

と、ダンジョン前の売店をモニターに映すミカン。そこでは丁度サイリウムが買われているところだった。

『まいど！　えーっと、サイリウム5本でよかったですかね』

『ああ。お値段手ごろで、使い捨ての照明としても便利なんだよなぁこれ。まぁ2本はライブで使ってくけど』

……照明用途で買ってく人もいるのか。

「作り手としてはー、こうして買ってもらえるところを見れるのは嬉しいですねー」

「ライブで使われてるトコを見るのもありきゅよー」

と、今度はライブ会場をモニターに映す。外の時刻とは関係なく『夜』になっている環境部屋で、今か今かとライブの開始を待ちわびる客達。中列の見やすいところに用意された関係者席にロクコとアイディが座っている。

『みんなー！　ライブがはっじまっるよー！　それでは聞いてください、最初の曲は「恋するウサギはまっしぐら」！』

そして、ライブが始まった。

アイドル衣装のイチゴがステージの照明に照らされ、ステージの下にいる演奏ゴーレム達から流れる曲に合わせて歌いだす。……最前列の観客がそろってウチワとサイリウムを構えていた。

『この想い今すぐアナタにと↓ど↓けッ!!』

『『『と↓ど↓けッ!!』』』

おおう、ダンジョンバトルで使うために教え込んだ『オタゲイ』がなんか進化してる……今は『ファランクス』に加えて『アロー』とか『ウィング』とかの陣形が増えているらしい。サイリウムの振り方もバリエーションが豊富すぎる。そして練度も高い。文字通り一糸乱れぬと言わんばかりの揃いっぷり。キレッキレだ。

『きゃー！　イチゴちゃんかわいいのよー！　妾の嫁なのよー！』

サイリウムを振り回す最前列集団に水色の髪が見えた。ラヴェリオ帝国皇女エミーメヒィ、すっかり常連らしい。帝国公認イチゴちゃんファンクラブ名誉会長でもあるとか。

『みんなー！　ありがとー！　次は「眠れるウサギの大暴走」！』

ロクコとアイディも席から立ち上がってサイリウムを振り楽しんでいるようだ。うむ。

「こうしてサイリウムを実際に使ってるところを見るのもー、いいですねー？」

「開発者としてもまぁ同意見だよ」

ニクがそっと用意したお茶のおかわりをすすりつつ、ライブ映像を見る俺。

「そういえばミカンのマスターの件はどうなったんだ？」

「……ま、まだきゅよー。いちおう、レンニューも仲間にはなったんだけどー」

「さっさとマスターになってもらったほうが良いだろ。運命共同体、一蓮托生の協力者になるからな」

一応『父』から因果律がどうのとかいう支援もしてもらっているはずなのになんでまだマスターになってないのだろうか。案外、『父』にも地上へは大した影響が出せないということかもしれない？　いや、ミカンがヘタレなだけかも。

どうにかしてやったほうがいいかもなぁ、と思いつつモニターに視線を戻す。

『イーチーゴー！　愛してる大好きイーチーゴー！　なのよー！』

ライブは最前線の皇女も霞む位に盛り上がっていた。

「いいライブだったわ！　ケーマもこっちで見ればよかったのに」

「客席から見ると、また違うわね。戦場に通じる高揚感があるわ」

ロクコとアイディが戻ってきた。2人にニクがお茶を渡すとくいっと一息に飲み干す。

「というか最前線にいたのミフィよね？」

「常連らしいぞ」

「皇女って暇なのかしら」

モニターを見ると、イチゴ握手会の列に並ぶエミーメヒィがいた。ハッピを纏いサイリウムと握手券を握りしめ、『今日も最高だったのよ！　あと目が合ったのよ！　これはイチゴちゃんと妾が両想いということなのよ！』と近衛兵士にライブについての感想を述べていた。……一応仕事はちゃんとしてるらしいぞ。この視察も含めてだけど。

「ライブも見たし、もう帰るか？」

「情緒とか余韻とかそういうのがあるじゃないの。もっとケーマはそういうの大事にしなさいよ。具体的には握手会のあとのイチゴを出迎えて労ってあげるとか」

なんかスポンサーの人みたいだなと思ったけど大体そんな感じだった。

「……花束でも差し入れたらいいのか？」

「お花よりニンジンやいちごのほうがおいしいきゅよー？」

あ、食べること前提なのね。さすがウサギ……

「そういえば564番はどうした？」

「あー、あいつならちゃんとボス準備中きゅよー。そろそろまた襲撃イベントを再開するんきゅけど、そのボスとして恥じないだけの見栄えをな！　あとやられ役の配下をケーマからもらった【クリエイトゴーレム】で作ったりしてるきゅよ」

564番は「どうして俺様がどうせ壊されるモンスターを作らねばならんのだ！」と文句を言いながらも土を掘っては【クリエイトゴーレム】でゴーレムを作っていっているらしい。これも俺が教えた開拓と生産を合わせた一挙両得の手法だな。今のところスタッフオンリーなダンジョン奥に入ってくる冒険者もいないらしい。

「ロクコ様、アイディ様！　ほ、本日はお日柄もよくっ」

控室に帰ってきたイチゴがロクコとアイディを見てささっと頭を下げる。いかにも小動物的な動きは、ワーラビットらしいともいえた。

「あらおかえりイチゴ。良いライブだったわよ！」

「ええ、客のオタゲイもさらに洗練されていたわね。いい将になるわ」

「は、はひっ！　ありがとうごじゃいましゅ……！」

噛みながら見るからに恐縮するイチゴ。

「見た者は落雷に打たれたが如き衝撃を与える歌姫、皇女をも魅了してやまない新型吟遊詩人、今帝都で最も優れた踊り子ウサギ——だったかしら？」

「あら。それこの子兎の評判？　中々のものじゃないの」

「あ、あ、あ、ありがとうございま……！」

褒め殺しってこういう感じだろうか。

「……あんまり褒めすぎると逆にストレスで腹壊すんじゃないか？」

「おっと、それは大変ね」

ロクコとアイディはそのくらいで話を切り上げた。でだ。


「なぁ王様？　こいつらは誰だい？」

その質問をしたのは、未だダンジョンの関係者ではない、ミカンのマスター候補。ウサギダンジョン常連冒険者筆頭、レンニューであった。仲間にはなった、と言ってたが控室に来るくらいの仲ではあるらしい。

「んきゅ。あー、なんてったらいいきゅかねぇ……」

ポリポリ、いやもふもふと頰を掻くミカン。ちらっちらっと俺の方を見る。

「まぁ、関係者だ」

「関係者っきゅよ！」

「お、おう？　そうかい。アタシはレンニューだ、よろしくな？」

俺の回答に乗っかり元気よく答えるミカンに、レンニューは若干気圧(けお)されていた。

「実は、ケーマP(プロデューサー)は私に歌と踊りを教えてくれた方なんです」

「へぇ！　アンタが！……アンタがあの歌詞を？　え？　本気で？」

本当に？　と俺とイチゴの顔を見比べるレンニュー。作ったのサキュマちゃんだけど、サキュマちゃんも俺なので俺で間違いない。

「イチゴをイメージして作ったんだ。文句あるか？」

「最高だねアンタ！」

ばしばしと肩を叩(たた)かれた。褒められてるんだろうけど痛い痛い。

……

俺はレンニューの攻撃から逃れ、ミカンに囁(ささや)く。

「ところでミカン。試しにレンニューのことマスターって呼んでみないか」

「んきゅ？」

キョトンとした顔を浮かべるミカン。

「どうせバレやしないって。そのうちマスターって呼ぶんだから、練習だよ練習。な？

1回だけ、1回だけ言ってみよう？」

「んきゅ……そうきゅか？」

俺が促すと、ミカンはちらりとレンニューに顔を向ける。

「どうかしたのかい？」

「……えっとぉー、そのぉー……い、言えないきゅよっ、恥ずかしいっきゅよぉ！」

レンニューに見つめられ、顔をそむけるミカン。

「言っちゃえ言っちゃえ、ほらガンバレー？」

顔を手で覆いつつチラチラとレンニューを見る。レンニューは膝に手をあて、「何だい？」と首を傾げている。

「えー、ぅー、んきゅ……ま、マスタぁ……？　んきゅう！　言っちゃったきゅよ！　きゃー！　と、まるで告白した女子中学生みたいな反応をするミカン。

その瞬間、ぽぃん、と半透明のウィンドウが浮かんだ。

「ん？　なんだいこれ？」

「んきゅう!?」

おや、俺達にも見えてるな。『レンニューをマスターとして設定しました』っと。うんうん。狙い通り。なんだかとっても懐かしいね。尚、右下に『ぐっじょぶケーマ君』って小さく書かれてたから『父』が覗いて関与しているのは確定的に明らかである。

「じゃっ、そういうことでミカン。後は頑張れ！」

「ちょぉおおお!?　ひどい！　ひどいっきゅよケーマぁああ!?」

「うるさい、こうでもしなきゃ多分ずっとうだうだ言って先延ばしにするだろ、こういうのは思い切ってまず一歩踏み出してしまうのが大事なんだ」

案ずるより産むが易しってね。どうせマスターになったら生死を共にする仲になるんだし早いほうが良いだろ?

「え、王様?　マスターってどういうことだいこれ?」

「ようこそ世界の裏側へ――ってね。俺達のことは他言無用だ。それと絶対命令権は厄介だから破棄しとけ。じゃ、そういうことで。ロクコ、撤収!」

「え、あ、うん?」

俺はささっと【転移】を発動させ、ロクコ達を連れてその場から消え去った。尚、ニクはお茶のおかわりを構えていた。

その後、ロクコとアイディから「強引すぎ。コア心が分かってない」と非難を受ける羽目になったが、まぁこれは別の話。

さてさて。そんなわけでレンニューをミカンのマスターにするお節介も済んで、いよいよ翌日。俺達はお供にドルチェさんを加え、ゴレーヌ村に向けて帰還することになった。

【転移】をするための城の一室が集合場所だ。俺やハクさん達はホイホイ使っているが、本来【転移】は集団で儀式魔法として発動する代物なので専用の部屋があるらしい。昨晩ハクさんと一緒に寝ていたロクコとも合流して部屋に入ると、ドルチェさんがふよふよ浮かんで待っていた。……ドルチェさんだけだった。

「……ハクさんは？　てっきり見送りに来るかと思ってたんだけど」

「あ、ハク姉様ならまだ寝てるわ。昨晩はいっぱいお話ししたから、今朝は寝かせてあげましょうってことでクロウェと話がついてるのよ」

そう言って唇に人差し指を当てて「いっぱい補充してきたわ、うふふん」と得意げに笑うロクコ。多分、ハクさんがしばらくロクコ成分が要らないくらい充填（じゅうてん）したのだろう。

「あら。私を独り寝させておいてロクコはそんなことをしてたの？」

「大事なことだから仕方ないことだったのよ」

「そこまで言うなら仕方ないわね」

俺の生存のために頑張ってくれたのだろう、ありがとうロクコ。

「というわけで、もう出発していいわよドルチェ」

「はぁ、わかりましたロクコ様。クロウェと話がついてるなら……あ、忘れ物はないですか？　それじゃ、帰りますよー……全員ちゃんといる？」

ドルチェさんがふわりと浮かんだまま俺達（たち）を見て確認する。俺、ロクコ、アイディ、ニク、ネルネ。全員いるな。

「じゃあケーマさん、魔力（マナ）節約のためそこの犬っ子とメイド【収納】してもらえる？」

「え？」

ドルチェさんがニクとネルネを指さして言った言葉に、俺は首を傾げる。【収納】に生物を入れていても【転移】にかかる魔力は変わらないと思ったのだが。

「そういえばロクコのマスターは564番を【収納】に入れてたわ。その時は減らなかったらしいわね？」

「そうそう。何か変わるのか？」

「……ああ、そういうこと。それなら勘違いしても仕方ないね？　ダンジョンコアは亜神だから【収納】の中で時が止まらなくて、魔力消費量も変わらないの」

「えっ」

ドルチェさんが【収納】と【転移】の仕組みを解説してくれた。言われてみれば闇神を『父』とするならダンジョンコアはその子供。神に属する存在であるわけで。ただ収納するだけの魔法で時間が止まらないのもある意味当然と言えよう。で、そうなると抱えて持っているのと同じ扱いになるとかで消費は変わらないそうだ。

「それで564番のやつ涙目だったのか……なんか悪いことしたな」

「大丈夫よロクコのマスター。564番は負けたのだから、その取扱いが如何様でも何の問題もないわ。気紛れに首を落としたとしても文句は言えないもの？」

魔国流儀でとんでもないことを言うアイディ。あと首を落としたらそりゃ文句は言えないと思う。死人に口なし的な意味で。

なんか564番に少しだけ謝りたくなってきた。

「ちなみに私達四天王もクロウェも亜神だからね」

ドルチェさんの唐突な告白。……さもなくば単体で複数人【転移】するほどの魔力は持ってないし、100年単位でハクさんの部下を務められないとのこと。確かに。

俺はニクとネルネに【収納】に入ってもらいつつ、ふと気になったことを聞いてみた。

「ドルチェさんはどうやって亜神になったんですか？」

「生贄（いけにえ）」

スパッと簡潔にそう答えて、ドルチェさんは「もう出発するね？」と【転移】の詠唱を始めた。

＊＊＊

【転移】が終わると、そこは屋敷の一室だった。コーキーにあるハクさん名義の拠点らしい。ドルチェさんは、ぐったりと床に横たわった。

「うぷ、さすがにこの人数と距離はキツい……私はここで休んでるから、明日はケーマさんにも手伝ってもらうからね、よろしく。また明日ここ集合ね……」

「あ、はい。ありがとうございます」

ドルチェさんはそう言ってスーッと姿を消した。さすがレイス、透明にもなれるのか。

入れっぱなしというのもなんなので、ニクとネルネを【収納】から取り出す。

「なるほどー、これが【収納】される感じなんですねー？　先輩の言っていた通り、悪くない感覚ですー」

「はい。ご主人様の道具って感じがしてとても良いです」

ふんすと鼻息を吐いて自慢げに尻尾をふりふりするニク。

「……今度私もケーマの【収納】に入れてもらおうかしら」

「なぁロクコ。亜神であるダンジョンコアは時間が止まらないと聞いたばかりだぞ？」

「アイディも入れるなら、その前に私が試しておくべきだと思わない？」

一応５６４番コアを入れたことあるから安全性は保証されてるぞ、泣いてたけど。

「それよりもロクコ、ロクコのマスター。私、この町を見たいのだけれど？」

と、アイディが早速うずうずとした笑顔で言う。

「案内するわよ。私、前にここに来たことあるからね」

「あら、エスコートお願いするわねロクコ」

１回しか来たことないくせによく言う。まぁマップ機能がある以上、迷子になることはないだろうが。

「俺も行くよ。あとニク、護衛を頼む」

「かしこまりました」

やはり嬉しそうにぱったぱったと尻尾を揺らすニク。

「ネルネはどうする？」

「1人でお留守番というのもなんなのでー、お供いたしますー」

と、メイド服でにっこり笑うネルネもついてくることが決定した。

そんなわけで、5人でコーキーの町を行く。歩いているとカンカンと金属をたたく音が響いてくるのは、さすが鍛冶の町コーキーといったところ。大通りでは相変わらず屋台で立ち飲みしているドワーフやその他種族がいる。まぁ魔国よりはバリエーションはないが、ツィーアよりは多い。

「そういえば、ここの町って前に私が誘拐されたところよね」

歩きながらのロクコの発言に、そういやそんなこともあったな、と思い出す。なんか帝国転覆を狙う聖王国系のテロリストが、皇女エミーメヒィを人質にしようとロクコ達もまとめて誘拐したんだっけ。で、ウンディーネの住む池の中に監禁してた。

「……ウン子さん元気かなぁ。結局酔いつぶれた後はコーキーの人に任せて帝都に行っちゃったから分からないんだよな。よし、ウン子さんのとこも行くか」

「ウンディーネの名前ってディーネじゃなかった？」

そういやそうだった。

「誘拐だなんて、そんな素敵な事件があったのね」

「ウンディーネが巨大化したときはびっくりしたわよ」

「ご主人様が足に飛び込んでました」

「へぇー……さすがマスターですー？」

と、思い出話にきゃいきゃい盛り上がる一行。

歩いていると、ゴレーヌ村鍛冶屋カンタラの実家の鍛冶場があった。

「お、丁度いい。魔国で結構武器使ってたし、ちょっと手入れしてもらおうか」

「あら、ロクコのマスター。其処(そこ)のは腕のいい鍛冶師なの？」

「まぁな。俺は素人だから良し悪(よあ)しはそこまで分からないけど」

と、俺達が裏口まで来ると丁度バンッと扉が開いた。カンタラの父、ウンタラが酒樽(さかだる)を片手に持っている。ドワーフらしいといえばらしいが、まだ昼間だろうに。

「ん？　おめぇら……おお！　カンタラの行ってる村の村長じゃねぇか。まだ村に帰ってなかったのか？　どうだい駆けつけ1杯」

こちらの発言を待たずに酒樽の栓をきゅぽんっと抜く気の早いウンタラ。イチカがいればイチカに飲ませたところだが。

「それより武器をちょっと見てもらいたかったんだが、出かけるところだったか？」

「おお、なんのなんの。お前さんならいつでも歓迎よ。見せてみろ」

栓をキュッと戻して武器を見せろと催促するウンタラ。よかった、飲まずに済むらしい。

俺はシエスタを取り出した。もちろん眠らせないよう一言言ってから。

「……あー、やっぱり全然使ってねぇな。折角の魔剣が泣く……いや喜んでるなこの剣？　なんだこりゃ訳わからん！　がははは！」

まぁ俺は模擬戦用の木剣ばかり使い捨てでつかってたからなぁ……シエスタは武器としてはあんまり使ってないけど、睡眠導入に多用してるから喜んでるんだろう。

「まだ手入れはいらんな。とりあえず【活性】！　次！」

生活魔法の【活性】（土が元気になる）をかけ、次はニクがゴーレムナイフを取り出す。

こっちは50番コアとの模擬戦でもかなり使っていたので、ウンタラも「これだよこれ！」と満足気だ。砥石を取り出し、あっという間に手入れを終わらせた。

「かなり強い敵と戦って腕も上がったようだな？　【活性】！　次！」

スッとロクコが飾りのレイピアを差し出してみる。

「素振りすらしてないだろこれ！　【活性】、次！って、あの胸のでけぇ姉ちゃんじゃねぇのな。あんたも十分でかいが」

「あー、私は剣持ってないのでー。あとイチカ先輩は今回居ないですねー」

「そうか。じゃあ、赤い髪の嬢ちゃん、あんたは？」

ウンタラはロクコの魔剣を突っ返し、ネルネを流し、最後にアイディに声をかけた。

「ん？　なら少しだけ見せてあげましょうか」

しゅるり、と抜き身の赤い魔剣を取り出して見せるアイディ。『写身』によるアイディ本体、炎の魔剣だ。

「……美しい。これは、美しいし力強い。最高だ」

ほぅ、とウンタラがウットリした目でアイディの魔剣を見る。

「これは使い手と一体になっているな。儂(わし)でもここまでの魔剣を見たのは初めてだ」

「当然よ。何せこの魔剣は、私自身(そのもの)――と言っていいのだから」

ふふ、とアイディは魔剣を褒められて嬉しそうに微笑(ほほえ)んだ。

「スマンがこいつは凄(すご)すぎて儂には手が出せないな。手入れも不要のようだ」

「賢明な判断ね。そこそこできる鍛冶師だと認めてあげるわ」

「がはは！　光栄だねお嬢様。その剣、神が作ったと言っても信じるぞ」

おっと鋭い。アイディは魔剣型コア、つまり闇の神である『父』の作った魔剣と言ってもいいわけで、ウンタラの発言は正鵠(せいこく)を射ていた。

「ああ、そんで今更だけどお代は」

「いらんいらん！　息子(カンタラ)が世話になってるからな！　それにな」

胸元からミスリルの穴あき円盤――オフトン教聖印を取り出すウンタラ。

「今日は休みだ！　だから今のは仕事じゃねぇ、世間話のついでの手慰みってやつだ、がはは！　おっと、休みだからディーネ様ンとこに酒盛りに行くところだったんだ！」

ウンタラはドワーフらしく豪快に笑って、改めて酒樽を抱えた。

「あー、なら引き止めちまった詫びってことでこれを」

「気にすんな――お？　おお！　こいつは前にも貰ったニホンシュじゃねーか！　なら遠慮なくもらってくぜ、大したことしてないのに逆に悪いな！」

カバンから取り出すフリをしてＤＰでさっと出した日本酒を渡すと、ウンタラは酒樽を肩に担ぎ上げ、日本酒はまるで赤子を抱くように大事そうに持っていった。

やはりドワーフへの贈り物は酒が一番である。そう再認識した。

「折角だし、私達もディーネのとこ行ってみましょう」

ロクコの提案により、俺達はのんびり散歩しつつディーネの池に行くことにした。

道中、ふとアイディが足を止める。

「ねぇ、ところでロクコ。ここは人間牧場だったの？」

「ん？　いや普通の町よ？　どうしてそう思ったのよ」

「あら。だってニンゲンが逃げられないように壁があるじゃないの」

アイディが指さした先には、町を囲む数メートルの高さの石壁があった。

「あれは町の外壁よ。そういえばアイディのとこには壁がなかったわね。こっちは普通に町といったら壁で囲われてるものなのよ」

「……？　町を壁で囲ってしまったら、野良モンスターとかが入ってこれないじゃない。

「帝国の住人はそんな戦闘好きじゃないの。言わなかったっけ？」

どうするのよ」

首を傾げるアイディ。

「そうよ、入ってこれないようにしてるの。魔国じゃあるまいし、帝国の住人はそんな戦闘好きじゃないの。言わなかったっけ？」

「えっ、ああ、そういえばそんなこと言ってたわね……本当だったの？　どうりで弱そうなニンゲンもちゃんとした服を着ているわけね」

アイディは本気で驚いているようだった。……日本人である俺から見たら魔国の方が珍しいと思うんだけどなぁ。

「あー……アイディ。先に言っておくが、魔国のマナーが帝国で通じると思わないこと。特に戦闘や不意打ちを仕掛けるのはダメだぞ」

「ではどう挨拶すればいいの？」

「普通に……って、アイディにとっては決闘申し込みが普通の挨拶だったか」

常識が違う相手に普通とか言ってもわかるわけがないよな。

「そうだな、口頭で『初めまして』とか『こんにちは』とか言えばいいぞ」

「学習したわ」

そう言われて、そういえばここへは留学しに来てるんだったな、と思い出した。

町を出てディーネの住む池まで来ると、池のほとりに小さな祠が建っており、その周囲でドワーフ達による酒盛りが行われていた。ディーネも居る。共通して、そこにいる皆がオフトン教の聖印を首から下げていた。酔いつぶれて地面に大の字になって寝ている奴もいる。

「おー、楽しそうね？」

「……飲むなよ、ロクコ？」

「え、ダメ？」

「ダメ。ロクコが酔うと手に負えなくなるからな」

ニクはもちろん飲ませない。ネルネは……飲めるのか？　アイディは、酔って暴れそうで怖いなぁ。

「あ！　あ！　あんた！　名前忘れたけどやばい無礼な男！」

近寄ると、ディーネが俺をびしっと指差した。

「お？　おお、勇者ワタル様のお供の人！」

「ディーネ様ぶっ倒した人！」

「オフトン教の人！」

そして周囲の酔っ払いが俺をそう呼んだ。なるほど、俺はそういう認識らしい。……とりあえず目的もなく何となく来ただけだし、引き返していいんじゃないかな。

「無事そうで何よりだ。それじゃあ俺はこれで」

「確保ぉー！」

ディーネがそういうと、酒盛り連中が俺達を取り囲んだ。悪意は感じないが、悪戯気は感じる。アイディもそれが分かっているのか特に何もしない。そもそもが、手に持っているのは武器ではなく酒壺や酒の入った木のコップである。

「駆けつけ1杯！」

「いいや3杯！」

「1本いっちまおうぜ、さあさあ飲んだ飲んだ」

赤ら顔で俺達に酒を勧めてくる酔っ払い共。ウンタラもさりげなく交じっているしアイディとロクコが素直に酒を受け取ってしまっているのだが？　俺さっきそれ止めたばかりだよね？　ネルネ、ニクと乾杯するんじゃありません！　え、ニクのはディーネ様の綺麗な水？　ならいいけど――いやいやいや。

「ケーマ、ひとつ言っておくわ……飲むなとは言われたけど、私は了承してないの！」

「あらじゃあ私も。乾杯？」

カツーン、と木のコップを打ち付けてくいっと酒を飲むロクコとアイディ。あーあー。何、というか俺の手にもいつの間にか木のジョッキを持たされている。中身はエール。何、ここに来た時点でお酒飲まされることは確定なの？

「はっはっは！　私の泉でシラフとか許さないんだからっ！　ただし子供は除く」

「ぷは……楽しそうなので、わたしもお酒を飲んでみたいですが」

「子供はジュース飲んでなさい！　ウチの森でとれたベリーを搾ったジュースよ」

水を1杯飲み切ったニクのコップにディーネが紫のジュースを注ぐ。いいな、俺もそっちがいい。

「あー、ぽかぽかしますねー？　うふふーあははー？」

ネルネが頬を赤くしておかわりを注いでもらっている。が、そこでディーネが「はいそこまで！　それ以上飲んだら気持ち悪くなっちゃうからね！」と注ぐのを止めさせた。何そのストッパー。

「ふふふん、私は水の精霊ウンディーネ。ニンゲンの体に酒精をどの程度まで入れて大丈夫なのかを探知するのは呼吸をするほどに容易い！」

「……つまり、なんだ？　ディーネがいれば安全にお酒を楽しめる量が分かるってわけか」

「そうよー。飲みすぎようとしてる人はこう！」

と、ディーネが指をくいっと回すと、その先にいた酔っ払いが手酌しようとしていたエールが噴水のように飛び上がり、ディーネの掌の上で玉になった。

「おいおいひどいよディーネ様ぁ」

「ふふん、泉にゲロされたくないもの。飲みすぎは許さないわ！」

「ちぇー」

なるほど、飲ませすぎないことでこの場では案外治安が保たれているようだ。それでこの場所に人が集まって、ついでに祠まで作られているわけか。酒盛りの場所として。

「ほーっほっほっほ、崇め奉れぇい！」

「で、その酒はどうするんだ？」

「え？　そうね。えい」

ぽーい、と投げるようにエール玉を飛ばす。その先にはアイディのコップがあった。

「っておい」

「あら……此処では其れに注がれたら飲むのがマナーだそうだから、頂くわね？」

ぐいっと顔色も変えずに飲み干すアイディ。ディーネは自慢げに笑っている。

「大丈夫よ。気持ちよくなるレベルで止めてあげるから……人間相手の匙加減は完璧よ！任せなさい！」

と言ったその瞬間、ボンッ！　となにか爆ぜる音がした。

「なんか……よく燃えるわね？　ひっく」

見ると、アイディの体にめらめらと火がついていた。

「げ、げぇっ！　あの子人間じゃなかったの!?　こっ、これはこのディーネの目をもってしても見破れなかったわ……!?」

「おいディーネ」

アイディは平然としつつ、服も髪も燃えていないあたり、おそらく炎の魔剣としての力が漏れ出ているのだろう。

「うわぁお嬢ちゃん大変だ燃えてやがる、水、水っ」

「んー……？　大丈夫よ、これは――わぷっ」

「おいそれエールだぞ、まぁ火が消えるなら同じ――うわっ!?」

親切な酔っ払いが燃えるアイディに酒をぶっかけてしまったようだ。ゴゥン、と更に炎が噴き出る。

「あー、こりゃ魔剣の力だな！　あれほど一体になってるんだ、魔剣の力が使い手に流れ込んでも可笑しくねぇ！　酒をかっくらってバランスが崩れたんだな！　がはは！」

「あら先程の少し腕のいい鍛冶師……んん、そうね？　いい気分だわ」

「わー、アイディ燃えてるわね。綺麗ー。でも熱いから近づかないでね」

そしてロクコはそんな燃えるアイディから距離を取りつつ、さらにエールを口にした。

「おおいロクコぉ!?　なんでちょっと目を離した隙に出来上がっちゃってるの!?　早い、早すぎる！」

「ケーマー！　こっちー！　こっちきなさーい！」

「それ以上飲むんじゃない！　また手が付けられなくなる！」

「あによぅ、ケーマこそなんで飲んでないの？　そんなに私とちゅーしたくないの？」

とロクコがこっちきなさいと言いながらずんずんと距離を詰めてきた。抱き着いてきた。ちゅーっと顔を近づけてきた。ほっぺに。おぅ柔らか。酒臭くなかったら、そしてこんな衆目のある場所じゃなかったら良かったんだがな。くそう、もう既に手が付けられない状態だった。

「だめだ話が通じない。おいディーネ」

「ほ、ほら、あなたはシラフなので釣り合いが取れていい感じでは？」

目を泳がせて震え声のディーネ。

「飲んだのはロクコの責任だから怒っちゃいない。水をくれ。飲ませるから」

「ハイタダイマヨロコンデー！」

ぽんっと水玉が現れてロクコの口にちゅるんと直接入っていった。便利だな。


「子犬ぅ？　稽古をつけてあげるわ、構えなさい？」

「はい」

と、ニクとアイディの模擬戦が唐突に始まった。おいまて2人とも魔剣つかうんじゃない、せめて木剣使え！　危ないだろ！　真剣で飲酒模擬戦とか正気かっ……って酔っぱらってるんだった！

「おー！　いくらでも修理してやるからな！　存分にやっちまえ！　がははは！」

「そこの鍛治屋ァ！　言ったらいけないタイミングってあるだろ!?」

「おー、おー？　なぁに少し酔っててもわしの腕は変わらん、むしろちょっと上がるくらいだからな！　がはは、がはは、がはははは！」

そして無責任に「そーだそーだ」「いいぞー」と囃し立てる酔っ払い共。駄目だこいつら、早く何とかしないと。

「ネルネ！　ロクコの介抱を手伝ってくれ！」

「ひっくー」

あっ、そういえばさっき普通に飲んでましたね。と、ネルネはニコニコ笑みを浮かべつつ、俺の肩をぽんぽんと叩いてきた。

「……マスターはー、ロクコ様のこと好きじゃないんですかぁー!?　なんで応えてあげないんですかー!!　こんな可愛いのにー！」

「そーよケーマ！　私こんな可愛いのに！」

ロクコまで絡んできた。

「今はそういうの良いから、とりあえず落ち着こうか？」

「「……すやー」」

落ち着けと言ったら揃って秒で寝やがった。なんだよもうこれー。

＊　＊　＊

さて、そんなこんなでいつ頃どうやってコーキーの拠点まで戻ってきたかはあまり覚えていない。とりあえずニクと協力して3人を部屋に運び入れたのは覚えている。（ネルネは【収納】で運ばせてもらった）

そしてそんなお疲れ様な状況になっても時間はいつもと変わらずに流れ、ドルチェさんの指定した出発する時刻になった。

「んんー……ケーマぁ……頭痛い。回復かけてー」

「はいはい。二日酔いよ治りたまえ【ヒーリング】【ヒーリング】、おまけにもひとつ【ヒーリング】」

ロクコとアイディとネルネの頭に回復魔法をかける。

「あら有難うロクコのマスター。少し頭が重く感じていたのが消えたわ」

「マスター、ありがとうございますー。……はふー」

そんなぐったり気味の3人を見て、ドルチェさんは「大丈夫？　もう1日寝とく？」と優しい声で言っていたが、単にドルチェさんが1日休みたいだけなんだということを俺は察知した。だが俺も早く村に帰ってぐっすり寝たいのだ。次の町ドンサマへ向けて【転移】することにした。


俺がまずコーキーの外へ、行けるところまで【転移】。そこからドルチェさんが川の町ドンサマまで【転移】をすることであっという間にドンサマ——川を挟んでの南側、南ドンサマ——の拠点まで移動した。

「……ぐふぅ」

「うぷ、やっぱりキツい……ケーマさんもお疲れ、また明日……ああ、明日北ドンサマの拠点まで普通に移動して【転移】だからね」

ドルチェさんはそう言ってスーッと消える。俺もニクとネルネを【収納】から取り出した。……あー吐きそう。魔力ガッツリ減ったもんだからフラフラと揺れる感じ。これはドルチェさんももう1日休みたくもなるよなって。

「ケーマ、私達はドンサマ観光してこうと思うんだけど」

「俺は寝る。魔力回復に集中したい……ニク、護衛を任せる。ネルネもな」

「かしこまりました」

「はーいー」

『神のパジャマ』を着ればすぐ回復し、間違いなく明日には万全になるはずだ。寝よう。

「……あー、ロクコ。今日は酒飲むなよ？」

「ケーマがいない所で飲むわけないでしょ？　私、ケーマの前じゃなきゃあんな風にハメ外したりしないわよ」

ふふん、と胸を張るロクコ。

「あら。そうなの？　ロクコはロクコのマスターのこと、随分信用しているのね」

「そうなのよアイディ。だからアイディも今日は飲んじゃ駄目よ？　昨日アイディもお酒でぐでんぐでんになってたんだから」

「……昨日は態と酔ったけど、その気になれば一切酔わないわよ？　コアなのだから」

なら酔わないで欲しかった所だが、それも留学ということなのだろうか。

とりあえず、俺は『神のパジャマ』に着替えてぐっすり寝て、晩飯はロクコがお土産にアユの塩焼きを買ってきてくれたので美味しくいただいた。

「というか、この町ってなんか見るところあったっけ？」

「アイディが川渡りしてたわよ。ワタルが川を渡ったって言ったら、私にもできるはずだって言って英雄になってた」

確か川渡り成功者のことを英雄と言うんだったっけ。……ってことは川渡りは成功したということか。まぁアイディならやれるだろう。背中から火の翼生やして飛んでも驚かないぞ俺は。

「ケーマこそ、もう大丈夫なの？」

「『神のパジャマ』使ったからな」

俺がそういうと、「ああ、さすがねお父様の作ったパジャマね」とロクコは頷いた。

で、翌日。

「んじゃ、馬車で北行こうか」

にゅるん、とドルチェさんが壁から姿を現しながらそう言ったので、俺達6人は北側の拠点へと馬車でのんびり移動することにした。正直誤差程度の距離だが、魔力を節約したいとのことだ。まぁ、気持ちはわかる。

「まぁ今日はケーマさんに何回か【転移】してもらうことにしたけど」

「えっ」

「だって、1時間くらい休んだら魔力全快するんでしょ？　その『神のパジャマ』で」

「事実ですが釈然としないですね」

「初日は私頑張った。あとケーマさん頑張る。釣り合い。そういうこと」

ブツブツと投げやりに言うドルチェさん。余程【転移】で魔力使うのが嫌らしい。もっとも、レイスであるドルチェさんは魔力がそのまま存在を意味していると言っても過言ではないので、魔力が減った時のダメージが俺よりも大きいのだろう。

「いいじゃないケーマ。休みながら【転移】すればいいだけでしょ？　なんなら休憩時間に膝枕してあげるわよ」

「ドルチェさんいる前でできるかってーの」

ちらりとドルチェさんを見ると、小さく頷いてから上を向いた。

「……私は気にしないので、ロクコ様と存分にイチャイチャしてください。ああ、ハク様にも内緒にしてあげますよ？　ええ。聞かれたら答える義務はありますが、特に言わなければいいだけなので？」

うん、ハクさんは絶対にロクコのことを聞くだろうからできないな。

それで、ドルチェさんが手配した馬車で北側へ向かっている途中、渡し船のところでデカデカと看板が立っているのを見つけた。

「『南北協定：向こう岸が困ったことになったらお互い助け合うこと。武器を使ったり殺し合いはご法度である。仲良く喧嘩しよう！』……？」

前来た時にはこんな看板なかったはずなので、新しくできたのだろうか。

俺が看板を見ていると、ネルネが解説してくれた。

「えー、昨日聞いたんですがー、なんでも南側に住むとある喧嘩っ早い男がー、実はそれほど北側が嫌いじゃなかったことに気が付いてー、協定ができたらしいですよー？」

「へぇ」

以前ドンサマに来た時にワタルが南北対立がエスカレートして大変なことになるんじゃないかと心配してたけど、取り越し苦労だったということだろう。なにせこういう協定が自然と出てくるんだから。

……尚、北側にある看板ではこれが『北、南協定』になっていた。なるほど、仲良く喧嘩しようってこういう感じなんだな、と少し微笑ましく思った。

＊　＊　＊

さて、北ドンサマからさくっと出発し、道中で休憩しつつその日のうちにミーカンまで到達した。……ミーカンまでの距離のうち9割俺が【転移】した気がするんだけど。

「いやぁ、お疲れ様ケーマさん。おかげ様で私も今日は心晴れやかにのんびりできそう」

「……いえいえ」

代わりに俺はぐったりである。

「ねぇアイディ、ここはサラダ巻きが美味しいのよ。案内してあげるわ」

ドルチェさんが姿を消した後、ロクコがなぜか自慢げにアイディにそう言った。

「サラダ巻き？　食べ物よね」

「小麦粉を水で溶いて薄焼にして、それで野菜と羊肉を巻いたものよ！」

「ふぅん。ロクコのおすすめなら食べてあげるわ」

とりあえずニクとネルネには今日も2人のお守りを任せ、俺は休むことにしよう。いやぁほんと『神のパジャマ』ってば最高だねぇ。

「それにしてもこちらの町は本当にどこも大きな壁で囲っているのね。拡げるときにはどうするのかしら？　壁が邪魔じゃないのかしら」

最後の転移前に見えていたけれど、とアイディが呟く。

「まぁ、どうせこの周辺は牧場だから、牧場込みで考えたら十分なんだろ」

「牧場？　ニンゲンを飼ってるの？」

「いや羊や豚とかの畜産だな」

「畜産……？って何だったかしら」

首を傾げるアイディ。そうか、魔国はあの規模の国にもかかわらず基本的に狩猟で肉を賄っているんだっけ。

「？　狩ってくればいいでしょうに。近くに丁度いい森があるじゃないの」

「食肉や羊毛の安定供給のために羊とかの家畜を飼育してるんだよ」

「だから帝国の人間はそこまで好戦的じゃないんだよ……あー、人間牧場みたいなもんだ。いちいち人間を見つけて潰すより、牧場で育てたほうが効率がいいだろ？」

「確かにそうね。納得したわ」

翻訳機能さんが色々悪さしているのかもしれないが、頭がこんがらがってきた。

「ところで、戦いはないの？　戦いは。狩りにでも行きたいわ？」

アイディが不満そうにそう言う。……魔国の住人にとって、戦いがないことは綺麗好きな日本人がお風呂に入れないくらいの不満感があるのだろう。

「ニク、模擬戦に付き合ってあげなさい」

「はい、ご主人様」

とニクを人身御供に差し出すが、アイディは首を横に振った。

「魔剣は血に飢えているの。刺し殺していいなら良いけれど？」

「……なら、冒険者ギルドで何か討伐依頼でも受けてきたらどうだ？　日帰りのやつ」

確か前にワタル達が来たときはシカの角が生えた熊を狩ったりしてたはずだ。

「そうね。子犬、ロクコとサラダ巻きを食べた後に案内なさい」

「かしこまりました。では冒険者ギルドですね」

「よーし、それじゃあ行くわよアイディ！　ネルネもついてきなさい」

「うふふー、サラダ巻き楽しみですねー？」

と、4人は仲良く部屋を出て行った。さて、俺もこの拠点の一室を借りて休むか……

……

アイディが現地冒険者に絡まれたら笑顔で斬り殺しそうだが、それってもしや俺の責任になってしまうのではなかろうか？　いやなるだろコレ。ハクさんならするね絶対。

「おいまて、やっぱ俺も行く！」

不安に駆られた俺は、4人を追いかけて拠点を出た。


以前イチカと来た時にも利用した屋台で5人分のサラダ巻きを買った。俺の奢り（おご）だ、味わって食べてくれ。

「サラダ巻き、このふにっとした生地に包まれたシャクッとした食感が美味しいのよ」

「私はもっと肉多めの方がいいわ……狩ってきたら作らせるというのもアリね」

ケバブというかおかず系クレープっぽいサラダ巻きを食べ歩きしつつ、ロクコとアイディが食レポを交わし合う。肉が多かったらサラダ巻きじゃなくて肉巻きになりそうだが。

「アイディ様に賛成です。お肉美味しいです」

「むしろ私はお肉なくてもいいかもー？　ソースが美味しいですねー」

ちなみに俺はロクコと同じく現状で十分美味しいと思う。調和っていうかバランスっていうか？　長年の経営で導かれた配分だよね。


農村なミーカンをのんびり進み、サラダ巻きを食べ終えてから冒険者ギルドに入った。品定めをするような視線が一瞬こちらに向けられたが、即座に外された。

「……勇者より強い男と、勇者より強い男より強い幼女……！」

そんな呟きが聞こえたので、前に来た時のことを覚えられているようだ。そんなに目立つのだろうか……俺もニクも黒髪だから目立つか。

「それで、私に狩られる獲物は何処？」

アイディがうずうずしているので、俺は受付カウンターで聞くことにした。

「あー、Bランク冒険者のケーマ・ゴレーヌだ。なんかこう、日帰りで行ける範囲で討伐依頼はないか？　できるだけ強い相手がいい」

「あ、はい。……ええと。日帰りには若干遠いのですが——」

こうして、アイディの生贄に捧げられるモンスターの討伐依頼を受けた。近いところのをいくつか纏めて。

「ふぅん。情報をもらえて報酬ももらえるの？　良い仕事ね」

「代わりにちゃんと倒すんだぞ、日帰りで」

サンダーボア、キングフロッグ、フォレストオーガ。その他常時依頼のモンスター。一応狩れるだけ狩ってもらう感じになった。最初の3体は討伐できなければ違約金を払うことになるので頑張ってくれ。

「うふふ、そこそこの雑魚だけど数を用意してくれたのは嬉しいわ。勿論、【転移】で送って下さるのよね？」

「へいへい、お任せくださいお嬢様」

「【収納】つかえるから荷物持ちなら私も役に立てるわよ」

「助かるわロクコ。私の【収納】に入りきらない量狩る予定だから」

一応【収納】要員は多い方がいいのでニクとネルネも一緒に行く。……【収納】を使える人間が【収納】に入れるあたり、これをマトリョーシカの如く繰り返せば理論上無限にアイテムを持ち運べるな。もっと効率のいい【収納】の上位互換な魔法もあるかもしれないけど。

俺達は一旦ミーカンの町の外に出て、目的地へ向かって【転移】した。

「追加の獲物よ」

「……ちょっとアイディ、これ以上は入らないわよ」

日が傾きかけたころ、無事に全員の【収納】がパンパンになった。きっちり目的の3体を仕留め、常時依頼の野良ゴブリンは耳だけなのでともかく、食肉となる野良オークは単純にデカくて入りきらない。

「素材にも食肉にもならない討伐証明部位だけを狩ればいいモンスターがもっといれば良かったのだけれど」

雷を纏ったイノシシも、人間を丸呑（まるの）みできそうなカエルも、森住まいのオーガもアイディには鎧袖一触（がいしゅういっしょく）。一番厄介そうだったのはオーガかな、チンパンジーみたく枝を渡って襲ってきたけど、まぁ、アイディが一撃でカウンター決めたので本当に厄介だったかは分からない。

「若干（そこそこ）満たされたわ。囮（おとり）も役立ったわね、ご苦労様」

「それは何よりですー？」

ゴブリンの身体（からだ）をさばいて血をまき散らしていたネルネを【浄化】しつつ労（ねぎら）うアイディ。

「さーて帰るか。ギルドで依頼終了の報告をするまでが遠足（ピクニック）だぞ」

「報酬でまた食べ歩きかしら？」

「日が暮れたら屋台は閉店しているのではー？　飲み食いするならギルド酒場ですねー」

アイディが狩りをしている間は俺とロクコは『神の毛布』に包（くる）まって回復してたので、

ここから町まで5人分転移するだけの魔力は十分にある。

俺はたっぷり長い詠唱を唱えて魔力を節約しつつ、ミーカンにむけて【転移】した。

受付で依頼達成の報告をしたのち、現物を納品するためギルドの倉庫に移動した。【収納】からどさどさと獲物を取り出し、解体士に渡す。ニクのような子供（しかも奴隷）までが【収納】を使っているのを見て、目を皿のように見開いていた。

「……まさか半日で3つとも依頼達成してしまうだなんて……移動だけでも一日かかると思ったのですが、さすがBランク冒険者様ですね。しかもどいつもこいつも一撃。世辞抜きでいい腕前ですな」

「この魔国のお嬢様が大活躍したんだよ。あ、国賓で貴族のお嬢様だから丁重にな」

貴族のお嬢様と言うとピシッと解体士の手が止まったが、それも一瞬だけですぐに獲物を受け取り、査定を再開した。

「全て高品質です。全部買い取りとのことなので査定額は報酬と合わせて銀貨75枚、詳細はこのようになります。よろしいですか？」

「これくらい魔国では寝起きの手慰みよ？　帝国の冒険者は程度が低いのね……あら。オーク肉の値段が思っていたより多いわ。これは何故？」

木の板に書かれた詳細の値段を見て、アイディは少し驚いていた。牧場で羊肉を得ていることもありもっと安くなるかと考えていたようだ。

「羊肉とオーク肉では、オーク肉の方が若干美味いのでこの価格になりますね」

「今日食べた羊肉は、オークに劣る味ではなかったわよ？」

「まぁそれほど違いはありませんので、少し高い程度ですよ」

味の好みといったところなのだろう。アイディの舌がアレなのではなく、俺も魔国で食べたオーク肉とこちらの羊肉に大きな差を感じなかったし。ミーカンの連中が羊肉を食べ飽きているだけという可能性もある。

「……思っていたより羊肉は高いのかしら？……育成の手間の分？　うーん、それなら魔国では今のままで良いかしら……？　ああ、でも小規模やるのはアリね。それを餌に魔物を誘える……」

ブツブツとそんなことをいうアイディ。

「アイディ、食堂で食べ比べと行きましょう。オーク肉あればだけど」

「む、それはいい考えだわロクコ。実際に味の違いを比べるのは食べるのが一番ね。行きましょう」

真面目に留学をしているんだなぁ。と、そんな言動を垣間見つつ、俺達は晩御飯に羊とオークの焼肉をしっかり食べ比べた。……言われてみれば、くらいの差しか分からなかったので、やはり好みの問題かな。

さてと。今日はようやくゴレーヌ村へ帰還することになる。

正確にはツィーアにある拠点までの【転移】だ。今日もまた俺が途中まで担当し、仕上げをドルチェさんが決める形だ。ツィーアに拠点があることは聞いていたが、どこにあるかまではわからないし中に入ったこともなかったからな。

ツィーアまで行けば、あとは馬車で帰れる。夜遅くになろうともおうちがそこにあるなら問題ない！

「うぉおお！【転移】！」

というわけで可能な限りの距離を【転移】。もちろん遠回りルートではなく危険だが近道の直線ルートだ。こっちのほうが見晴らしが良く転移しやすいという理由もある。魔力ががっつり減ったら休憩だ。ロクコが【収納】からニクとネルネを取り出す。そしてネルネが【収納】からピクニックシートを取り出して敷いて、休憩場所を作った。

「さーどうぞー、マスター？」

「こっち使ってもいいわよ？」

膝枕に誘ってくるネルネとロクコ。ドルチェさんの手前断ると、ネルネに「へたれー」とか言われたが、気にせず愛用の『天上枕』を使う俺。疲れた。『神のパジャマ』を着て一時間ほど寝かせてもらおう。……『神の目覚まし時計』を「俺の魔力が回復したら起こして」という条件でセットする。これで確実に起こしてくれるので、便利ではあるんだよな……

「アイディ。このあたりは危険地帯だから、敵が来たら好きに屠ってくれ」

「あら。いいの？　嬉しいわ」

うん、つまり留学してきたお客様に見張りを頼むということなのだが、アイディにとっては見張りの権利はご褒美なので問題ない。

「日が差すところで休憩するのはちょっとキツいんだけど、ここは仕方ないね……」

ドルチェさんが日傘をさしてぐったりと座り込む。【転移】の邪魔になるので馬車とかがない。昨日はまだ近くに木があったり宿場があったりしたのでそこまで歩いて休んだりもしたのだが、今日の道は宿場町もない直線ルート。見晴らしはいいがその分日から隠れる場所もないのがこの道の欠点でもある。


「ご主人様。わたしたちはどうしますか？」

ニクがしっぽをぴょこぴょこ振って俺に聞く。……特にやることないんだよな。見張りもアイディがやってくれちゃってるし。

「出発するまで、こっから見える範囲で遊んでていいぞ」

「では日課の鍛錬をしています」

……ニクは本当に真面目だなぁ、俺なら寝てるところだぞ。というわけで、ネルネとロクコに顔を覗きこまれながら昼寝した。起きたら肉を焼いておやつにしているアイディとニクがいたので、まぁ襲撃があったのだろう。いい匂いだな、俺にも少しくれ。

そんな感じで何回かピクニック気分で昼寝を重ねつつ、仕上げの【転移】をドルチェさんが行い、俺達はようやくツィーアまで到着した。

「ようやく、ここまで帰ってきたなぁ……」

「なんかすごい長く出かけてた気分ね。体感半年くらいかしら」

実際はひと月と少しだけだが、まぁ気分的にはな。

「私はそろそろロクコ達の拠点(おうち)ということで、少し高揚(わくわく)してるわ」

「温泉一緒に入りましょっか」

「良い提案ねロクコ。嗚呼(ああ)、それはロクコのマスターも共に入るのかしら？」

いや女湯には入らないよ俺は。清掃もキヌエさんとシルキーズの仕事だしな。

「馬車の準備できたから、さっさと行こうか……少し休みたいけど」

ドルチェさんが透けずに浮きもせずにそう言った。馬車で移動する都合上人化しているようだ。若干顔色が悪いのは元がレイスだからか魔力不足だからかその両方か。ドルチェさんが用意した御者（拠点の管理者でモンスターらしい）に運転を任せ、皇家の紋章のついた箱馬車に乗り込んだ。……一応、国賓のアイディと魔国への留学者に対する扱いとしては皇家の馬車を使うのが正しいらしい。

俺も魔力を使い切っていたので、皇家御用達の快適な馬車に揺られているうちに眠くなり、気が付けばロクコに膝枕されていて、目を覚ましたらゴレーヌ村に到着している有様だった。ロクコとネルネがにこにこ笑顔で、ドルチェさんがニヤニヤ笑顔という心胆寒からしめる状況であった。ひえぇ。

「ケーマ、ぐっすりだったわね？　んふふん、やっと膝枕できたわ」

膝枕したまま俺を覗き込むようにして能天気ににまにま笑うロクコ。

「お、おいロクコ」

「大丈夫よ、ハク姉さまは私が何とかしてあげるから。ね？」

優しく頭を撫でられる。というかそれよりもう馬車はゴレーヌ村についてるんだから降りよう。な？

俺達が馬車から出ると、そこには村人が集まっていた。

「おお！　村長、おかえり！」

「どうだった魔国は。そっちの赤い髪と紺色の髪の美人さんは誰？　魔国嫁？」

「なんか国旗に書かれてる紋章つきの馬車で何事かと思ったよ。村長なら安心だ」

うーん、２番目の奴はあとで蹴り入れてやろう。

「いやー、帰ってきましたねーゴレーヌ村。あっという間の留学でしたー」

「はい。有意義な修業でした」

久々の村の空気。

ニオイが故郷って感じがする……

……

ああ……生きて帰ってこれたんだな……！

「ケーマ、なに感慨深そうに突っ立ってるのよ」

「実際感慨深いんだよ。無事生きて帰ってきたうえに『神のパジャマ』、さらに神の寝具2つの使用権をゲットしたんだぞ。最上通り越して超上の結果だぞ」

「まぁ、そうね。よくやったわね」

「しかもハクさんに顔を見せて無事帰ってこれたもんな……！」

「それは大丈夫だって言ったじゃないの」

いや、ロクコがあんなに成長しているとは予想外だった。もはや俺を超えたと認めても良いかもしれない……特にハクさん関係。

「ロクコのお蔭で無事帰ってこれたよ……お礼に何かしようか？」

「あ、良いの？　じゃあメロンパンに生クリームたっぷりのやつがあるんだけど、それいっぱい食べてもいいかしら」

「おう。好きなだけ食べていいぞ」

「わぁい、やったー。お礼にまた後で膝枕してあげるわね？」

ふふふと笑うロクコ。お礼のお礼とかエンドレスしそうなんだが？

　しかし本当に、収穫の多い留学だった……また行きたいかと言われるとそれほどでもないが。長期間ダンジョンと村を空けてもちゃんと回してくれた部下達に感謝だな。


と、そこにウチの村の冒険者代表、ゴゾーがやってきた。

「よぉ、帰ったかケーマ。ウォズマが早く来てくれって言ってたぞ、酒場だ」

「ただいまだゴゾー。なんだ、また新しい村でもできたのか？」

「さぁ？　早く行ってやれ」

　そして酒場に行くと、そこには宴の準備と共にウォズマと他の村人達が待っていた。イチカやキヌエさん、レイやオフトン教のシスター達もいる。

「「「ケーマ村長！　お帰りなさい！」」」

「うぉっと。ただいま。どうした？　祝いごとか？」

　俺の質問にウォズマが満面の笑みを浮かべて答える。

「ハハハ、村長の帰還祝いですよ。たまには村長を驚かせようと思いましてな。先触れをいただき、宿の方にも声をかけさせていただきました……村長の帰還に乾杯！」

ウォズマの乾杯の合図とともに村人達が「乾杯！」と木のジョッキを掲げた。

「おお、そりゃありがとう」

　俺も木のコップを受け取る。俺の分は酒ではなく中身はジュースだ、俺の好みを良く分かってるな。さすが仕事のできる副村長兼、本業酒場のマスターだ。

「随分と慕われてるのね、村長?」

と、アイディが俺の肩をトントンと叩いて言った。

「おや? こちらの可憐な女性は? 村長の新しい妻とか言いませんよね?」

「ははは蹴り入れるぞウォズマ。魔国からの留学者だ」

ウォズマが「えっ」とたじろぐ。

「魔国からの留学生がこの村に来るとか……聞いてませんよ村長」

「あー……俺も留学先で初めて聞いたんだ。まぁこっちで相手するから」

いつも迷惑かけるな、うん……

「そうだ! 良いことを思いついたわ。この宴は私達の帰還祝いと、ついでにアイディの歓迎会ってことにしましょう。ねっ」

「えっ」

「みんなー、この子は私の親友で、魔国のお嬢様なの。しばらくいるからよろしくね!」

有無を言わせぬロクコの言葉。ノリと勢いで「わかったー」「よろしくー!」「村長夫人の親友なら大歓迎だー」とジョッキを掲げて応じる村人達。

「あら。なら歓迎されてあげるわ。それでは早速ひと試合殺りましょう?」

「うーん、それは帝国における歓迎とは違うわよアイディ?」

そんなわけで、丁度そろっていた村人達にアイディが魔国からきたお嬢様だと周知された。まぁ、隠すことでもないし知れ渡っても問題ないことか。

「ご主人様ぁ！　会いたかった！　お土産頂戴、あ、でも食いモンか。なら明日でええで！　今日はご馳走があるさかいな！」

イチカが抱き着いてきた。そしてこのお土産の催促である。そしてお土産が食べ物であると確信している、正解だけど。ウドンだけど。

「ウチもご主人様と一緒に魔国行きたかったなぁ。そんで魔国のウマいモンいっぱい食べたかった……ごくごくもぐもぐ」

ジョッキに入ったお酒を飲みつつ、宴の料理（先触れを受けてからキヌエさんが即座に用意したらしい）に手を伸ばし摘まむイチカ。こら俺の服で手を拭くな酔っ払い。

「あはは、イチカは愉快ねぇ」

「おいロクコ。酒飲むなよ？　明日二日酔いで頭痛いって言っても【ヒーリング】してやらないからな」

「む、仕方ないわね。コーキーで飲んだばかりだし今日はジュースで勘弁してあげるわ」

ついでにアイディにも目配せすると、こちらは手にしたジョッキをくいっと飲み干して見せてきた。おい。

「大丈夫よ、前後不覚になんてならないから。それに、ロクコに付き合っただけで私は酔わないことも可能なのよ？」

……まぁ、毒と同じだからなアルコール。魔剣型コアであるアイディには一旦【人化】を解除する等で簡単に無効にもできるんだろう。

そんなこんなで宴は式辞もなく自由気ままに時間が進む。

キヌエさんは料理を追加しつつ、シルキーズと共に給仕に走り回っている。生き生きとした表情で、【料理人】スキルにより瞬時に生み出されるカラアゲやらポテトサラダがまるで手品のようである。レイはネルネと同じテーブルの席に座っている。

「ネルネ。マスターとロクコ様にご迷惑をおかけしたりしなかった？」

「大丈夫ですよー、マスターは奴隷になってましたけどー」

「えっなにそれ」

「詳しくはー、ここじゃちょっと言えませんねー？……あらー？　なぜ私の手を掴むのですかー？」

「マスター、ロクコ様。我々、情報共有のため席を離れます。あ、それと改めまして無事の御帰還、心より、えーっと、喜ばしい限りです！　では！」

……レイは魔国の話を聞くべくネルネを引っ張り出て行った。まぁそうなるわな。

「そろそろ体を動かしたいわ。試合(ダンス)に付き合ってくれる方はいる?」

「えっ」

魔剣を取り出しひゅんと風を切って振り下ろすアイディ。

いきなりの戦え宣言にドン引きかと思いきや、そこは冒険者の村。力比べはノリノリで応じる連中が多かった。なんか魔国に似てる。

「よぉし、いっちょやるか!」

「やるなら外でやってくださいよ、酒場の中は飲み食いする場所ですから」

「あと危ないから木剣使えよ酔っ払い共」

木剣はニクの訓練用に宿の倉庫に何本もストックを用意してあるんだよね。ご自由にどうぞ。


しかし模擬戦を受けたのは良いが、よくよく考えたらこのゴレーヌ村における最高戦力はニクであり、そのニクがあしらわれる強さのアイディなのである。当然、ニクにすらけちょんけちょんにされるゴレーヌ村の冒険者達は鎧袖一触(がいしゅういっしょく)、話にならない弱さであった。

「うぉおお、強ッ!?　なにこのお嬢様強すぎ!」

「馬鹿な……俺の金剛切断剣が通じないだとッ!」

「お前のそれはただの振り下ろしだろ、しかも木剣だし」

一応、ドラゴン騒動の影響で移住してきたBランク冒険者とかもいたのだが。修羅の国でひとかどの強さを誇るアイディには敵わないようであった。

「弱いわね、私の牧場だったら半数は豚箱行きよ」

尚、この豚箱とは牢屋ではなく人間牧場において役立たずを収容する施設のこと。

「……初心者から中級者向けのダンジョンが中心の村だからな」

「そう」

ふむ、と納得して頷くアイディ。そして、ちらりとニクを見た。

「物足りないわ。子犬、納得できるまで付き合いなさい、片手で相手してあげる」

「望むところです、両手を使わせてみせます」

ふんす、とニクがジュースのコップを置き、木剣を両手に構えてアイディに向かっていった。

そんなわけで、俺達の帰還を祝い、ついでにアイディを歓迎する宴はつつがなく終了した。

◆閑話　ダンジョン女子会

風が吹けば木のざわめきが聞こえる、森の中の小さな陽だまりの自然に囲まれた優雅な場所。ここにはお茶会のためのお洒落なテーブルとイスが用意されている。ケーマとイッテツの会議を真似てロクコが作った、ご近所さんとお話をするための場所だ。

ツィーアの町とツィーア山の間に用意したここに、ロクコは『光の楽園』の219番ダンジョンコア、『火焔窟』ダンジョンマスターのレドラを呼んでおいた。同行させたアイディを紹介するためだ。

ロクコがアイディを連れて行くと、既に2人はもう席についていた。男装の麗人と燃えるような赤いドレスの美女が並んでいるのは中々に絵になっている。

「あら。今日は早いじゃないの2人とも」

「少し遅刻じゃないかいロクコ？　待ちくたびれたよ」

「そーだそーだッ！　こりゃお詫びにレッドドラゴン焼きだなッ！」

「ダンジョン機能で跳べないから遅れるかもとは言っといたでしょ。あとちゃんと持ってきたわよお茶請けに」

ロクコは後ろについてきたアイディを紹介しようと目配せする。アイディはそれに従い静かにロクコの隣に立った。

「私の親友、アイディよ。しばらくウチの村に留学するから、顔見せくらいはしとこうと思ったの。219番は集会で知ってると思うけど、666番ダンジョンコアよ」

「よしなに頼むわ」

ロクコの隣に立ってニコリと微笑(ほほえ)むアイディ。しかし、219番コアはフンと鼻を鳴らした。

「ふぅん、さすが魔王派閥のお姫様だ、待たせた上に頭も下げないとは随分と尊大だね。私は200番台(サードロット)だし、そっちのドラゴンは100番台(セカンドロット)のマスターだというのに」

そういう219番コアこそ足を組み、椅子の背もたれに大いに体重を預けた尊大な態度でアイディを見る。

「あら、敬う気持ちがあるからこうして挨拶しに来たというのに。斬っていいかしら?」

するりと『写身』である炎の魔剣を手に持つアイディ。

「アッハッハ! アイディと言ったかッ! いい度胸だ、アタイが遊んでやろうッ!」

ボウッと身体(からだ)から炎を噴き上げさせるレドラ。

「ちょっとレドラ。熱いわ」

「そうだよレディ。僕らのことも考えてくれたまえ」

「おっと、悪い悪いッ、アタシとしたことがッ!」

2人に注意されしゅっと炎を消すレドラ。

「まぁ冗談はさておき、ロクコ。その子魔王派閥でしょう、信用して大丈夫なのかい？」

「あら219番？　それならレドラだって竜王派閥でしょ」

「それもそうなんだけど……ロクコが信用しているなら良いか」

ふぅ、とため息を吐く219番コア。そして、椅子から立ち上がり、芝居がかった大きな動きでお辞儀する。

「秘密のお茶会へようこそ、魔国のお姫様。どうか斬りかかってこないでくれ給えよ、僕はそこのドラゴンと違って繊細だからね」

「おいおい219番、それだとアタイがガサツみたいじゃないかッ！　まぁ模擬戦は今度しようかッ！　ウチに遊びに来ると良い、赤くて娘とも気が合いそうだしなッ」

続くレドラの挨拶に、にこりと笑顔で応えるアイディ。

「アイディよ、宜しく。219番様もレドラ様も随分な実力者のようで、興奮を抑えきれるか自信がないけれど、決闘してくれると嬉しいわ」

「……アイディ。同意のない決闘は魔国だけにしてね？」

にこっと微笑むアイディ。ロクコは言葉のニュアンスを的確に感じ取り、適切な助言をした。伊達に魔国へ留学したわけではなかった。

「勿論よロクコ、私は帝国に来て学んだのだから。……事後承諾って御存じ？」

「事前に了承を得ること。約束してね」

「仕方ないわね。約束するわ」

と、席に座るロクコとアイディ。魔剣はいつの間にか消えていた。

「ところで、今の茶番は何だったの？」

「いやなに、折角このお茶会に新たな参加者が加わると聞いてちょっと遊びたくなっただけさ。演劇が僕の趣味でね、気を悪くしたなら謝るよ」

【人化】したまま蔦を操り、茶器を使って器用にお茶を淹れて見せる219番コア。

「……この蔦でいつでも私を捕らえられるように構えていたあたり、流石200番台というべきかしら。一撃入れるのが難しそうだわ」

「おいおい僕は戦闘は苦手なんだよ？　そういう見積もりをされるだけで胸がドキドキ高鳴ってしまう臆病者さ。それ以上は殺気を飛ばさないでくれると有難いね」

「あら失礼。つい」

「ほう、魔国は行ったことないけどこれが普通なのかッ？　ちょっと面白いなッ！」

「模擬戦、楽しみにしていますね？　レドラ様」

敵意がないことを示し、お茶を一口飲むアイディ。

「いや、本当に頼むけどこの場で暴れるのは止めてくれたまえよ？　このお茶会は楽しくお茶を飲むだけの会だからね？　まぁ、多少の情報共有もするけれど。さて、折角だから魔国についての話でも聞かせてもらおうじゃないか。魔国の物語の話とかいいな。そっちにはどんな歌劇があるんだい？」

「あ、ロクコッ、お茶請けッ！　ゴーレム焼きはッ？」

「はいはい、レッドドラゴン焼きもどーぞ」

「わぁいッ！　久しぶりのレッドドラゴン焼きだッ」

本当に自由ね、とアイディはなんとも言えぬ表情を浮かべたのち、２１９番コアのリクエスト通り魔国でよくある物語（もちろん戦闘物）の話を始めた。

……「自分が殺す前に殺されるんじゃない」と親友に命を救われ、その後に命を懸けた決闘を行う。そんなアイディ的に胸が熱くときめく話は、２１９番コアの感性には合わなかったようであるが。前半はともかく後半が。

「ところでアイディは好きな食べ物はあるかい？」

２１９番が不意にアイディに話を振る。

「好きな食べ物？……あまり意識したことないけれど、魔国ではウドンを食べるわ」

「ほう、ウドンというのが好きなのかい？」

「好きかどうかで考えたことはなかったかしら」

アイディの言葉に、２１９番コアは大げさに嘆き、天を仰いだ。

「おお！　それは勿体(もったい)ない。ニンゲンの食事は人化の醍醐味(だいごみ)だろう？　そこのドラゴンは辛いもの、ロクコはメロンパン。僕だってお茶とワインを嗜(たしな)んだりしているんだよ。好きな食べ物があるというのは、実にニンゲンらしく、それはお父様も喜ぶことさ」

「そういうものかしら」

「そういうものさ」

フッ、と艶のあるため息を吐く219番コア。以前は食べたら汚い物を出すからと食事を嫌がっていた気がするが、それはもう忘れたらしい。

「どれロクコ。前に見せてもらった菓子パンというのをアイディにも披露してあげてはどうだい？　お茶請けの御代わりにもなるしね」

「ん？　ああ、良いわよ」

ロクコはメニューを操作し、DP（ダンジョンポイント）カタログから『各種パン詰め合わせ（5P）』を交換した。かつては6個入りでコスパが良いとだいぶお世話になった。中身も選べる。今回ロクコの指定した中身は、メロンパンを含むバラエティーパックだった。抹茶クリームパン、激辛カレーパン、ハンバーガー、焼きそばパン……そしてメロンパン2個。自分の分とアイディへの布教用だ。

「はい、219番は抹茶よね。レドラは激辛」

「ありがとうロクコ」

「おうッ！　これ美味（うま）いよなッ！」

ロクコから菓子パンを受け取る2人。早速アイディもパンに興味を示す。

「これ、妙な包みね。中身が菓子パンかしら？」

「あ、縦に破くと破きやすいわよ。これがあると湿気（しけ）にくいから便利なの」

言いながらピッと包みを破いてメロンパンを取り出すロクコ。ゴミはダンジョン機能で吸収してしまえば消え去る。

「水気を弾くの？　なら剣を包むにもいいのかしら……どうやって作るものなの？」

「さあ？」

「分からないの？」

「分からないわ。あ、熱で溶けたり溶けなかったりするわよ。不思議でしょ」

「なるほど、分からないわね」

ロクコも以前まではビニール包装はなく剥き出しでしか出せていなかったのだが、いつの間にかビニール包装がつくようになっていた。理解度が上がったとか、ビニールがあるのが自然であると認識したからかもしれない。ゴミは増えるのだがダンジョンの機能で吸収すれば消えるので問題ない。……ゴミのビニールを吸収しまくったから体が覚えた、というのも考えられる。

「まだまだいっぱいあるわよ」

そう言って、今度はまた別のパンと交換する。コーンマヨ、ツナパン、チョココロネ、ドーナツ、サンドイッチにクロワッサン。

「まぁ食べて見なさい。美味しいわよ？」

「頂くわ」

ロクコはさりげなく2つ目のメロンパンをアイディの手の届きやすい場所に置いていたのだが、パンの山からアイディが選んだのはチョココロネだった。

「このグルグルして尖(とが)っているのが、強そうで良いわね」

「チョココロネね。……パンに強そうって感想持つ人初めて見たわ」

アイディはビニール包装を破り、強そうなチョココロネを取り出した。


アイディがチョココロネを片手に持ち、くるくるひっくり返す。

「……これどっちから食べればいいのかしら？　頭？　足？」

「チョココロネに頭とか足ってあるもんなのかしら、どっちがどっちなのよ。……まぁ好きに食べれば良いんじゃない、パンなんだし」

「考えるな、感じろ……ということかしら？」

「良いんじゃないそれで」

どこから食べてもお腹(なか)に入れば同じでしょ、とロクコは答えた。


「ところで、こっちのクロワッサンは強くないの？　ぐるぐるで左右で尖ってるわよ」

「其方(そっち)は飛び道具(ブーメラン)みたいで余り好みではないわ。……ふふ、チョココロネというのね。この回転がいいわ。螺旋(らせん)と収束……ふむ。素晴らしい形。こんな食べ物があったのね」

ニコリと微笑んでチョココロネを眺めるアイディ。

「メロンパンだって、模様がいいのよ模様が。サクッとしたクッキー生地とふんわりした中身、ほど良い甘さのメロンパン！　この、なんていうかヌクモリティよね？」

「ふむ。チョココロネが槍ならそちらは盾かしら。丸盾に似てるわ。守備力高そうね」

「守備力……メロンパンに守備力って表現する人初めて見たわ」

はむっと守備力の高いメロンパンを齧るロクコ。


「強さなら辛い方が強いだろッ！　レッドドラゴン焼きの方が辛いけどなッ！」

「いやいや。抹茶クリームの優雅さと気品も負けていないよ？」

謎の張り合いを見せるレドラと２１９番コア。

「２１９番様もレドラ様も、其々お好きなパンがあるのですね」

……けれど。


「誰が何と言おうと、この中で最も強いのはチョココロネに違いないわ」

アイディの挑発的な笑み。２１９番コアが満面の笑みを浮かべた。

「よし分かった。食べ比べだ。ロクコ、全部全員分出してくれ、ＤＰは僕が持とう」

「受けて立つわ！　ロクコお願い」

「折角だしこの際出せるだけ全部出してみてよッ！　２１９番の奢りだッ！」

「あのねぇ……」

あまり食べすぎると気持ち悪くなるわよ、とロクコは言いかけて、止めた。レドラはドラゴンで大ぐらいだし、他はダンジョンコアだ。お腹の中で『吸収』してしまえばいくらでも食べられる。

「……今日のお茶会はパン祭りね」

ロクコは大量のパンをテーブルの上に並べて行った。

そうしてただ駄弁る(だべ)だけの楽しいお茶会を堪能した帰り道。アイディはダンジョンコアだがロクコのダンジョンの機能では移動できないので、行きと同様にのんびり徒歩でゴレーヌ村へと帰宅中だ。

「矢張(やはり)、最強はチョコロネだったわ。ロクコもそう思わない？」

「全員自分が好きなパンがそれぞれ好きってことで決着したのに蒸し返さないの」

はむ、とあれだけ食べたのにまだチョココロネを齧るアイディ。

「……それにしても、友達に紹介すると言われて付いて行ったけど中々やるわねロクコ」

「あら、アイディだって50番コアと仲良さげだったじゃないの」

２１９番様も１１２番様もやり手のダンジョンと評判なのよ？　とアイディは言う。

「50番様は友達ではなく先生よ。……それにしても２１９番様ってハク様の派閥だったのね。てっきり7、8番様の派閥だと思ってたわ」

7、8番。1桁台(シングルナンバー)で、海の女神、山の女神と呼ばれているダンジョンコアだ。海派、山派で併せて自然派閥である。植物系であろう219番コアがそう勘違いされるのも無理はない、とロクコは思った。

「……内緒よ？」

「ええ。219番様にも念押しされたもの、言わないわ」

ふふん、とアイディは楽しそうに笑う。

「……112番様は竜王派閥で良いのよね？」

「そう聞いてるし、集会でもそんな感じだったじゃないの」

「それを言ったら219番様も集会では……まぁいいわ。余り面倒なことは考えたくないもの。それよりも、レドラ様との模擬戦(デート)の約束、絶対に忘れては嫌よ？」

「何度も言わなくても分かってるわよ」

本当にアイディは戦いが好きねぇ、とロクコは少し呆(あき)れたため息を吐(つ)いた。

◆閑話　魔国のお土産

Case　イチカ&キヌエ

イチカとキヌエは魔国料理のレシピと食材を貰っていた。ついでに【収納】に入れて時を止めておいた、できたての料理現物もある。

「ほほう、これが魔国の……ウドンですか。小麦粉を練って煮る料理と」

「帝国の小麦粉とは質っちゅーか、使い道が違うらしいで。魔国の小麦粉がこれやな」

「薄力粉とか強力粉とかいう区分ですね。マスターから貰ったレシピに載っていました」

もぐもぐとウドンをフォークで食べながら自身の知識と照らし合わせるキヌエ。料理はお家妖精であるキヌエにとって掃除の次に大好きな家事なのだ。（勿論、マスターであるケーマからは宿やダンジョン奥のお掃除も任されているので不満は一切ない）

ちなみにイチカは箸でウドンを食べていた。箸で味わうべき料理を箸で食べるために覚えたらしい。これもイチカの食欲のなせる業ということか。

「魔国の小麦粉が出せるんか？　ならご主人様に頼めばこっちでもウドン作れるっちゅーこっちゃな」

「……別に、マスターに頼まなくても私がＤＰで出せますよ？　イチカ教官」

「せやった、キヌエもカタログ使えるんやったな」

　イチカはあくまで奴隷のため、たとえダンジョンの幹部として扱われていてもメニュー機能が使えない。つまり、DP交換はできない。DPの行使についてはケーマに申請してイチカ用に取っておいてあるDPを使ってもらう必要があった。……あらかじめキヌエにDPを渡しておいてもらえば、ケーマを通さず食べ物関連のDPを使えて便利だ。今度そうしておいてもらおう。

「他にもいろいろ魔国で見つけた食材とかデザートとかあるし、参考にして食べれるようにしてぇな。ホラ、この温かくて甘いデザートとか中々のモンやで？　魔国スイーツ。一緒に食べよか」

「な、なんですかこのオレンジ色のねっとりした物体……あ、ニンジンの色ですか。何かと思いました」

　もぐもぐと魔国のデザートを一緒に食べるキヌエとイチカ。

　帝国ではめったに食べられない料理やオヤツ。嬉しいお土産である。さらにこの後も、キヌエには料理の再現という楽しみがあり、イチカはその味見担当という楽しみが待っていた。

　ちなみにうっかりシルキーズ達に分け与える現物分を食べきってしまい、再現品は渡したものの、キヌエはお詫びとして掃除の仕事を取られてしまったという。

Case レイ&エレカ

ダンジョン管理に励むレイと、その部下の妖精エレカ。その手には、ニクから貰った魔国のお土産の包みがあった。

「エレカ、ニク先輩からお土産を頂きました」

「お土産ですか？　レイ様」

と、レイは布に包まれたお土産を取り出す。それは、ニクが持ち帰ってきたボロボロのジャージ（イグニの加護が付いているジャージとはまた別の品である）であった。

「あの……これは？」

「マスターの使用済みジャージです。どうやら魔国の生活で色々と励まれたようで、使用済みのジャージがいくつか入手できたそうで。お裾分けだそうです」

「なるほど？」

首を傾げるエレカ。ケーマ（ダンジョンマスター）の使用済みのジャージといわれても、エレカにはピンと来なかった。しかし、敬愛する上司であるレイはとても嬉しそうにそのジャージを抱きしめているので、水を差すような真似（まね）はしないでおいた。

「ふふふ、さすがニク先輩。これは捗（はかど）ります。激しい修業により汗が染み込んでいますよこれは……！」

「よかったですね、レイ様」

「はい。とても！　あ、そうだ。私の部下であるエレカにもこの喜びを分け与えるべきでしょう。……上と下、どちらが良いですか？」

と、断腸の思いで部下にケーマの使用済みジャージを選ばせようとするレイ。だがエレカには特にそれが欲しいという気持ちはない。むしろなんでそんなにジャージを喜んでいるのか、理解が及ばなかった。

「はっ！　そうだ良いことを思いつきました。私が以前マスターから下賜されたジャージを与えましょう。こちらの新鮮な使用済みジャージは私がいただきます」

「！」

ぴこん、とエレカの羽が動いた。

「確かそれは、レイ様が抱かれ枕を作成したものでしたか」

「はい。私が堪能済みのものですが、エレカがよければ――」

「ぜひその方向でお願いします」

食い気味でエレカは頷く。ケーマのジャージは別に要らないが、敬愛する上司の使用済みとなれば話は別だった。

「わかりました。では私の部屋の抱かれ枕からジャージを交換してきますね」

「はい。楽しみにしています、レイ様」

……実に、よく似た上司と部下であった。一体誰に似たというのか……と言われれば、勿論それは一番上の名前が挙げられるのではなかろうか。

Case　エルル&イグニ

「へぇっ、これが魔国の玩具！」

「なんか……なんとも物騒ですね？」

ぶんぶんと鎖付きのトゲ鉄球——に見える木製の玩具——という、非常に殺傷能力の高そうなそれを振り回し、イグニは上機嫌だった。

一応このトゲも当たっても安全らしいが、エルルにはどう見てもそうは見えない。先端を少し丸めておいて、あとは木材なら当たっても大丈夫、という雑な理論で作られているに違いない。魔国の安全基準は、帝国のそれよりはるかに雑である。子供が頑丈なので。

「こっちのは？　ねぇこれどうやって遊ぶの？」

「これは、ブーメランという武器の玩具ですね。上手く投げれば手元に返ってくるようです。こう、こうでしょうか？」

エルルがブーメランを持ち上げ、投げる。ひょろひょろかつん、ブーメランは返ってこなかった。

「あはは、へたっぴ！」

「いや私幽霊なんでそもそも武器持ったりするの苦手なんですってば。生前なら弓矢少し使えましたけど？」

「弓矢もあるよ。矢が変な形してるけど」

「……弦がおっぱいにぶつかる心配しなくていいのは、幽霊になった利点でしょうか」

そもそも弦を上手く引き絞れないけれど。


この他にも玩具はあるのだが、押しなべて武器であるのは魔国だからなのであろう。

「たあ、てーい！　とーう！」

イグニの突きさす半円剣（ショーテル）をすり抜けるエルル。当たらないと分かっていても剣が突きたてられる状況は死因を思い出し落ち着かない。

「あの、私幽霊だからいいんですけど生きてる人にそれやっちゃだめですよ？　死にますから。私が生きてた頃ならこの一撃で死ねます冗談じゃなく。っていうか死にましたからね私ってば」

「分かってるって、本当にエルルに当てたかったら火属性付与（エンチャント）するもん」

「やめてくださいよ!?　それやったら消滅しますからね私！」

「うん、エルルは大切な友達だから絶対殺さないし！　あと安心して、エルルにはアタシの加護付いてるから火じゃ絶対死なないし！」

「加護とか初耳なんですけど!?　あともう死んでるんですってば！」

はぁぁぁあ、と深いため息を吐くエルル。ケーマは一体何を考えてこんな物騒な玩具を選んだのかとエルルは天を仰ぐ。ごつごつした岩肌の天井しか見えなかった。

ちなみに何故(なぜ)かといえば、「なんか土産ください。玩具かなんかで」と言って普通に出てきたのがこれだっただけだ。深い考えは一切ない。面白武器玩具が魔国定番の玩具なのだ。魔国の子供達が壊れるまではしゃいで遊ぶ程の大人気商品だった。

まぁ、エルルのお土産にそれはどうなのかと思ったイチカから、後日魔国スイーツがエルルにお供えされたのはここだけの話。また、お供えされたスイーツは、その後ロクコのペット達が責任をもって美味(おい)しく頂きましたとさ。

　宴（うたげ）の翌日、アイディがロクコとご近所さんへの面通しに出かけた。縄張りへお邪魔するなら挨拶は大事だもんな。

「ってぇ、ケーマさん！　帰還したことをちゃんと報告してくださいにゃ！　昨日ドルチェが来て一緒に飲み明かしてたけど、ケーマさんが帰還してたからお祭りだったとか聞いてないにゃす！　にゃす！」

　村長邸で1カ月ちょいぶりの書類チェックをしようとしていたところにゴレーヌ村出張中の帝都冒険者ギルド長、ミーシャが怒鳴り込んできた。うん、こっちへの挨拶を忘れてた。でもにゃすってなんだよ。

「すまんミーシャ。すっかり忘れてた」

「まぁいいにゃ、お酒とお料理はドルチェがとってきてくれましたし。それに毎日スイートでごろごろしてハンバーグやらお魚やらいーっぱい食べれてるから許したげるにゃー」

　俺の肩に腕を回してくるミーシャ。ハハハこやつめ。

「で、ロクコ様に手ぇ出したの？」

ハハハこやつめ。ダイレクトに聞いてきやがった。目が赤く光ってるのは嘘感知のスキル使用してんのかなコレ。

「出してないよ」

「にゃはは、ケーマさんの意気地なしー」

「ミーシャお前それハクさんの前でも言える？」

「ごめんなさいでした。あ、人間牧場行った？　あそこは中々の娯楽施設なんだけど」

娯楽施設なの？　人間牧場。普通に村っぽかったけど。行ってない区画もあるけど。

「というか、ミーシャは魔国に行ったことあるのか？」

「まぁにゃー。冒険者ギルドとハンターギルドは提携してるからその都合もあってちょいちょい行ってるにゃ」

「ミーシャ……お前……仕事してたんだな……？」

「ケーマさん？　私これでも白の女神直属の優秀なギルドマスターなんだけどにゃー？」

優秀といわれてもお仕置きされてばかりいる気がしてならない。ミーシャはそんな俺の考えを読んだか知らないが、俺の頭を抱き込んでうりうりとつっついてきた。まるで男友達のノリである。色々当たってるが気にしないものとする。

……確かにミーシャは魔国によく行っているのだろうな。この距離感やスキンシップ、魔国ではよくある光景だ。体育会系というか、細かいことを気にしない魔国系？

「ま、無事帰国してきてなによりですよ。あ、ケーマさんの留守を狙ってきた暗殺者とかはレイちゃんに引き渡しといたからよろしくにゃー」

「おう。ありがとな……え？」

　さらりととんでもないことを言って帰ろうとするミーシャを、俺は呼び止める。

「ちょちょちょ、ちょっと待ってくれ。暗殺者って？」

「え？　ほら、ご存じ光神教の過激派ですにゃー？　レイちゃんを狙ってたみたいだけど。光神教、他の宗教を認めない所あるから聖女の暗殺とか普通にするんだよね」

　ご存じとか言われても知らんがな。マジか、レイが命を狙われたりしてたのか……

「それは助かった。ありがとう」

「雑魚ばかりでちょちょいのちょいだったからへーきへーき。ま、この村の平和を守るのがハク様から頼まれた本来の仕事だから、礼を言われるほどのことじゃないよ」

「いや、それでも助かったよ。ありがとな」

「あ、じゃあケーマさんケーマさん。お礼にスイートの寝具欲しいにゃー！　このまま任務が終わってお家(うち)帰った時、家の寝具がクソすぎて寝れる気がしないにゃ！　だからちょーだい！　いや売って！」

「しょうがないなぁミーシャ。ま、ミーシャの頼みだ。オフトン教に入ってくれるなら良いよ。あ、入信(はい)るって言ったら即オフトン教だぞ」

「やったにゃ！　言ってみるもんだにゃ！　入信するにゃ、オヤスミナサイ！」

おい。白の女神直属の部下がオフトン教入って良いのか。冗談のつもりだったのに……

ミーシャは白神教の幹部ってことじゃないのか？……言わなきゃ問題ないのかな？

「白神教とオフトン教は仲良しこよしって帝都でも宣伝してあげるにゃー！」

言っていいのかよ。まぁ、問題があるようならハクさんが止めるだろう……

「あ、一番高い聖印買ってやりますよ？　お金がいい？　DP払いがいい？」

「……売ってる中だと金の聖印だけど、なんか別の金属使ってみるか？」

「じゃあオリハルコン！　防具にもなるかにゃー、穴空いてるけど」

「高いぞ？っていうかオリハルコンの聖印とかいくらで売ったらいいか分かんない」

「あ、用意はできるんだ……さすがに冗談のつもりだったんですけど」

「十分なDP用意してくれるならガチで出せるぞ。何十万DPかな……」

ワッシャー（ねじのゆるみ止めで間に挟むやつ）をオリハルコン製にするってことで、えーっと。

「……さすがにアレなんで、常識的にミスリルので良いにゃん」

ということなので、作り置きしておいたミスリルの聖印を売りつける。結構高く買ってくれたので、収支はプラスだ。

さて、レイが狙われた件についてはもうちょい詳しく教えてもらおうかな。

「といっても、大したことはないにゃ。私が手を貸さなくてもダンジョンの機能で侵入者もバレバレだし、防衛に支障はないはずですよ。それにケーマさんがいたら警戒して襲ってくることもないだろうしにゃー」

「そうなのか？」

「オフトン教教祖がドラゴンを従えたって情報が出回って、それがいない間に勢いを削りたいって狙ってきてただけだからね。今後はケーマさん本人が暗殺者に狙われるかと思う次第？」

「え、俺暗殺者に狙われるの？」

……寝る時はダンジョンの奥に行った方が良いのかなぁ。

「まぁ私がこの村に居る限りは絶対守ってあげるにゃー、お任せ！　にゃすっ！」

だからにゃすってなんだよ。

「って、ドルチェさんと交代とかじゃないんだ？」

「……ドルチェだと魔国のお姫様が暴れたときに相性が悪すぎるからにゃー。まぁ私も相性いいってわけじゃないけど」

なにせ炎の魔剣なもので、これがレイスの身体(からだ)に良く効くらしい。弱点対策もしているようだが。アイディが滞在している間はミーシャの任期は続くそうだ。

今日いっぱいはドルチェさんに現状報告するので、ドルチェさんを帝都に送り返すのは明日になりそうだとのこと。

その後、俺はレイに暗殺者についての話を聞きにオフトン教教会にやってきた。席は満席、相変わらず盛況だな。本棚の前で立ち読みしてるヤツもいる。こいつら全員オフトン教徒である……うーん、ここまで流行るとは我ながら驚き。

「あ、村長。オヤスミナサイ」

「教祖様じゃん。寝に来たの？　でも席は満席だよ」

「読書しつつ昼寝の順番待ち。優雅な休日……！　あ、教祖様オヤスミナサイ」

信者達は中々に充実した生活をしてるようだな。でもこの混雑っぷりだと、少し増築した方が良いのかもしれない。いちいちドラーグ村の方へ行けとも言えないし。

っと、今は暗殺者のことだった。俺は礼拝堂を通り過ぎ、休憩室で椅子に座って休んでるシスター服のレイを見つけた。マッサージは予約制になってて、今は空き時間のようだ。周囲に誰もいないし、ここで良いか。

「レイ、暇か？　ちょっと話がしたいんだが」

「あ、はい。なんでしょうかマスター」

「暗殺者に狙われたって聞いたけど。ミーシャから」

「あー、はい。ミーシャさんが軽く片してくれたので、特に何事もなく終わって忘れてました。はい、狙われてたみたいですね」

マジか、ミーシャ有能すぎる……本気で忘れるくらい鮮やかに暗殺者を排除したのか。

「なんというか、その。レイが狙われるとは思わなかったな。すまん」

「いえいえ。私なら死んでも大丈夫ですしいいじゃないですか。私ネームドなんでモンスターの復活機能がありますし……DPはかかりますけど」

「あぁ……そういやそんなのもあったな」

以前レオナに殺されて実際に復活した経験のあるレイが言うと重みが違うな。

「それで暗殺者はどうした？」

「ミーシャさんとシスター長が情報抜いたのち、色々処理してから私が貰いました。裏でDP要員として飼ってます。そこそこ良い収入ですよ」

裏というのは村の地下に作った犯罪者達をコッソリ監禁している隠しスペースのことだ。そこで妖精のエレカと一緒に暗殺者達が死なない程度に面倒を見ているらしい。色々処理って部分は、気にしない方が精神衛生上いいんだろうなぁ……

「情報的には、敵は光神教の暗部っぽいですね」

「それはミーシャからも聞いた。……光神教かぁ。やっぱり宗教は怖いな」

「マスター？　我々もオフトン教ですが？」

そういやそうだった。しかもこっちは歴史も背景も薄っぺらい新参者だったわ。ついでにお友達な宗教、ハクさんの白神教の方もある。ついでのついでに人に言えない暗部的な所だってある。人のことをどうこう言える立場じゃなかったわ。

「とりあえず、私的には吸血鬼としての本能も満たせるので助かってますよ、暗殺者」

「……ああ、まぁ死んでることになってる相手なら飲み過ぎて死んでもいいからな」

「はい。オフトン教の教えにもある『ネムレヤスラカニ』ですね。あまり苦しませずにじわじわいたぶります！」

うんうん、そうだね？　としか言いようがない。そんなの書いたっけ？　忘れた。

「とりあえず、レイの戦力を強化しとこう。当面は俺の剣を渡しておく。攻撃力はないが足止めには最強なところがあるからな。……あとスキルオーブで【気絶耐性】も覚えとけ」

「えっ、いいんですか？」

「大事な愛剣だから何か対策を思いついたら返してもらうけど、とりあえずはそれで」

俺は愛剣――昼寝剣シエスタをレイに手渡す。

……俺の戦闘力については、まぁ魔法があるので大丈夫だろう。睡眠導入についてはあとで【スリープ】のスクロールでも交換して覚えとこう。闇属性の下級だからそんなに高くないし。……【スリープ】は以前試しにシスター長のスイラにもかけてもらったことあるんだけど、シエスタの方が気持ちよく寝れるんだよな。なんていうか自然な眠気っていうの？　さすがシエスタ。さすシエ。

『……！』

「ん？　どうしたシエスタ」

『……！……ッ！』

「いやいや、頼むよ。レイのこと守ってやってくれ。この通り」

『………っ、……っ！』

「うん、頼む。俺は大丈夫だからさ。いや、【スリープ】じゃシエスタの足元にも及ばないけど俺も我慢するさ。大事な仲間の安全のためだしな」

『……』

「うん、心配してくれてありがとう」

シエスタも渋々ながら了承してくれた。

「あの、マスター？　今シエスタ……魔剣と話してました？　ああ、念話ですか？」

「え？　ああうん。離れたくないって言われてしまってな。いや、言葉に出してたわけじゃないんだけど」

『……っ』

「ハハハ。シエスタはツンデレだな」

「……あの、私にも聞こえるようにしていただけませんか？」

「え、今のは広域な念話だろ。なぁシエスタ？」

『……』

「だってさ」

「すいません分かりません。マスターの言語機能ってどうなってるんですかホント」

まぁニクよりは表情読むの難しいかな。うん。

ちなみにシエスタは、ミーシャが『今後は俺(ケーマ)が狙われる』と言ってたので離れたくないと言っていた。あと俺を寝かすのも自分の仕事だと。ハハハ仲間思いなやつめ。まぁ【超変身】もあるし、俺もそう簡単には死なない自信がある。

「ついでにミサもレイに頼むかな。俺は暗殺を警戒して部屋に籠るとしよう」

「あっはい。えーっと、よ、よろしく？　シエスタ？」

『……。……』

「ほぉ。よかったなレイ。そうだな、ダンジョンじゃレイの方が先輩だもんな」

「えっ、えっ？　何て言ったんですか？　何が良かったんですか？」

「レイ先輩の言うことに従うそうだぞ？……シエスタ、レイにはもう少しはっきり意思表示しないと分からないみたいだ。魔力(マナ)を震えさせたりできないか？」

『……！』

「おおっ!?　なんかピクッてした！……本当に意思疎通できてるんですねマスター」

「なんだおい疑ってたのか？　できてるに決まってるだろ、俺の剣だぞ？」

「いやだってシエスタ、念話の声も動きも全然見えないんですもん……」

と言うわけで、聖女レイの暗殺対策にシエスタを貸し出した。さーて、シエスタを手元に戻すためにも、早めに何か対策練っておかないとな。

＊＊＊

　で、ミーシャの他にもアイディが来たことを報告しておく所があるのを思い出した。隣村、ドラーグ村だ。昨日ウォズマにアイディ関連は俺の方でなんとかすると言った以上、俺が直接言わなければ不味(まず)いだろう。

「さて、ニク、イチカ。挨拶用のゴーレム焼きは持ったか？」

「え、あれウチらのオヤツちゃうん？……冗談やて。持った持った。なぁ先輩？」

「はい、持ちました」

「よーし、それじゃあ出発――」

「クロ様ぁあ！　私もご一緒させてくださいっ！」

　と、ツィーア山貫通トンネルの入り口に向かったところで呼び止められてしまった。誰だい一体、と振り向けばそこにはツィーア家のご令嬢、マイオドールが息を切らして立っていた。お付きのメイドさんがぺこりと頭を下げる。……あ、ツィーアにも挨拶する必要があったな。今思い出した。

「……マイ様。お久しぶりです」

「ええ、お久しぶりですわケーマ村長。昨日は私、ツィーア家に帰還の挨拶をしてくださるものと信じて領主邸で待っておりましたのに酷いですわ。私はクロ様の、いえ、クロの婚約者ですのに……でも私、きっとクロもお疲れでしょうと昨日は押しかけるのを我慢したのですわ。皇家の紋章入りの馬車に乗られていましたし」

そういえばまだマイオドールとニクの婚約者云々って続いてるんだった。ニクの隣に立ってごく自然に手をつなぐマイオドール。若干不機嫌そうだったのが一気に照れ顔で嬉しそうだ。背中に生えてる小さな翼もぱたぱた動く。

「それで今日は朝早くからお邪魔させていただいた次第です。我ながら良くできた婚約者であると、そう思いませんかケーマ様？」

「そうでしたか。ご配慮痛み入ります」

「ですから、今日はご一緒させていただきたいなと……見たところ、これからドラーグ村へ行くのでしょう？　ね、是非ご一緒させてくださいな」

「構いませんよ。丁度こちらも伝えておくことがあったので、歩きながらでも」

本来はアリバイ作りのために入るところだけ見せてダンジョン機能で向こう側に行こうと考えていたのだが、丁度いいからアイディのことだけじゃなくて神の寝具の話もさせてもらおう。魔国のお土産いる？　使い道のないタペストリー。

「えっ、こ、皇帝陛下に謁見され、褒美を？　いったい何をやらかしたのですか」

道中歩きながらありのままに起こったことを話しただけで幼女にやらかしたとか言われてしまった。心外な。やらかしてたら褒美なんて貰えないだろうに。……奴隷になったりはしたけど。

「留学先のことをレポートに纏めただけなのですがね」

「わたしが代筆しました」

うん、俺はこっちの文字が書けないからな。翻訳機能で読むことはできるんだが。

「クロ様、凄いですわ！　陛下に褒美を頂く程の報告書の代筆だなんて！」

「ご主人様のお役に立てました。これであと1年は戦えます」

ふふん、と自慢げなニク。そんなニクにうっとりとするマイオドール。ここだけ見ると仲良しな婚約者って感じがするな。女の子同士だけど。ニクはメイド服だけど。

「そんなわけで神の寝具の使用権、必要な時に借り受ける権利を頂きまして」

「ああ、ということは、ツィーア家の『神の枕』を貸し出せるようにしておいて欲しいということですね」

「対価はその都度交渉するようにとのことで。まぁ使う時になったらお願いします」

「分かりましたわ。対価も考えておきます」

マイオドールは子供ながらに貴族だからか話の理解が早くて助かるなぁ。と、そんなんなで魔国の土産話をしているうちにパヴェーラ方面、ドラーグ村への出口だ。仮面で顔を隠すイチカとニク。

「あの、なんでイチカさんとクロ様はそのような仮面を？」

「イチカは元々パヴェーラの出身で、会いたくない人物が居るかもしれないからだそうです。クロについては――」

「カッコいいからです」

キリッ、と、仮面で見えないが（そもそも仮面してなくても無表情だが）ニクは格好つけて言い切った。

「――ということです」

「まぁ……素敵ですわ！　ウチのメイドも仮面を付けるべきでしょうか？」

「……特に顔が知れている訳でないなら不要では？」

うんうん、と頷くマイオドール付きのメイドさん。貴族ってこんなにも婚約者を盲信して好きになれるもんなのか、凄いな……ともあれ、ドラーグ村だ。

「おお、お久しぶりだなケーマ殿！　いや、お義父さん！」

ドラーグ村の村長邸で、パヴェーラ領主の息子で村長でもあるシドが出迎えてくれた。何気にこの場の子供率高くないだろうか、と思いつつも挨拶を返す。

「やあ。お前にお義父さんと呼ばれる筋合いはないって言うべきだろうか、シド殿？　その件はお断りしただろう」

　以前行われたシドからニクへの求婚については、丁度今横に居るマイオドールとの婚約があったためツィーア領主ボンオドールへ相談。その上ですっぱりお断りした。

「ははは、つれないことを――っと、マイ嬢も一緒ではないか。久しいな」

「シド様？　お義父さんとはどういうことです？」

　にこりと笑顔で牽制（けんせい）するマイオドール。

「ああ。言ってなかったか？　俺はクロイヌ殿に求婚してな……」

「私、クロ様の婚約者ですわよ!?　婚約解消して譲れと？　それもパヴェーラ家に。クロ様が苦労するのが目に見えてます！　ダメです！　お断りして正解ですわ！」

「ああ、だからマイ嬢とクロイヌ殿はそのまま結婚してもらい、俺がクロイヌ殿の第2夫人となる目算だったのだ。必要な薬は手に入れてあったのだがな」

　やれやれ、と肩をすくめるシド。

「……それはそれで、パヴェーラ家は正気なのですか？　高価な魔法薬でしょう？」

「まぁ断られるだろうなとは思っていたよ。我がパヴェーラ家は聖王国に近く、その影響で亜人軽視の風潮が強いしな」

「そうなのか？」

「む、知らなかったのかケーマ殿？　実はそうなのだ。……俺は馬鹿らしい考えだと思うのだがな」

ツィーア家がシドとの婚約を断りたかったのもこれが要因らしい。特に亜人の中でも翼人は、天使（光神の使徒）に似ているため、光神教の聖王国ではひときわ微妙な立場なんだとか。天使の末裔だの堕天使だので意見が対立していたりもするとか。

「そりゃ面倒だなぁ」

「ええ、面倒ですわ」

「うむ、面倒なのだ。と、まぁそのようなわけでマイ殿。男女入れ替えの魔法薬が余っているので必要とあらば言ってくれ。ケーマ殿にはお世話になっているので要望があればいつでも無償で提供するぞ。むしろ提供させてほしい、無償で」

「……無償ですか……はぁ。なんとなく読めました。一応、覚えておきますわね」

はぁ、とため息を吐くマイオドール。うーん、この2人が揃うと子供同士とは思えないやり取りをするなぁ。家の事情さえなければ案外普通にお似合いだ。……ニクなんて当事者であるはずなのにさっぱり理解できておらず、暇なわんこの如く天井の角を見つめている始末。……ゴースト系モンスターでもいるの？

「それでケーマ殿。お互い村長として話があるということだったが？」

「ああ。うん。……実は今ゴレーヌ村に魔国からの留学生が来てるから、一言言っておこうと思ったんだよ」

「なるほど魔国の――は？　魔国の？　ケーマ殿一体何を企んでいるんだ、さすがに国家転覆となるとパヴェーラ家は付いていけないかもしれないぞ？　ツィーア家は承知しているのか？」

驚いたのか椅子から腰を浮かせ立ち上がりかけるシド。一体どうして国家転覆とかいう発想が出てきたんだ？

「ラヴェリオ帝国に認められた正式な留学生だ。やましいことは何もない」

「ええ。帝国の使者の方が正式に付き添っておられました。間違いありませんわ」

マイオドールの言葉もあって、シドは落ち着きを取り戻して腰を下ろした。

「な、ならば良いのだが……あえて魔国から遠いこの地に魔国の民を呼び寄せて、国を相手に大暴れするのかと思ったぞ」

そんな命がいくつあっても足りなくなるようなことするかっての。

「……正式な手順を踏んで合法にしてから、ということではないよな？」

「シド殿は余程俺のことを信用していないようだな？」

俺、そんな信用できないようなことしたっけ？　むしろ好感度の上がるような友達付き合いしてたと思うんだけど。

「いや、万一そうなった場合に俺はケーマ殿の陣営に馳せ参じる形になる。自分の立場はハッキリさせておきたいだろう？」

……好感度上げ過ぎたのか。

「帝国に反旗を翻す気はないから安心してくれ。ありえないだろ」

「わかった。……しかしケーマ殿なら帝国相手にもどうにかしてしまいそうでな」

過剰に信用しすぎだ。……多少好感度下げるべきだろうか？

とりあえずシドにアイディのことを伝えた。特に何事もなければドラーグ村には関係のないことだ。

で、お昼をご馳走してくれるというので遠慮なく大量に食べまくってやろう。上がり過ぎた好感度も多少は下がるはずだ。メイド仮面の2人にも奢ってもらおうじゃないか。

「もぐもぐもぐ……」

「先輩、これも美味いで？」

「ん、もぐもぐ……」

「クロ様、気持ちの良い食べっぷりですわね……ぽっ」

「ああ、気持ちの良い食べっぷりだな」

……うん、なんかシドが魚料理食べるニクを見て嬉しそうにしてたが、きっと下がったに違いない。たぶん。きっと。おそらく。

＊　＊　＊

アイディの宿泊先だが、初日と2日目はロクコの部屋に泊まってもらった。スイートルームは現状ミーシャが寝泊まりしていて埋まっているからな。しかし、初日くらいはともかく留学中ずっとロクコの部屋という訳にもいかない。

それに今後ハクさんの部下が交代で見張りにくるとしたら専用の部屋が必要になるだろう。DP収入源があり、俺の寝床もある現状では既に宿を運営する意義は薄れている気もしなくもないが、『踊る人形亭』はこのゴレーヌ村の原点。こういうのは大切にしていきたい所存である。

「……スイートルーム増やすか？　いや、客間のほうが良いか……」

宿の宿泊スペースは既にいっぱいいっぱい。地下を増やすという手もなくはないが、スイートルームないし大事なお客様用の部屋が地下というのはいただけない。それで喜ぶのは暗い所を好むドルチェさんくらいだろう。なので、村長邸に離れを隣接させる形で建てることにした。

というわけで、ミーシャとの情報共有を終えたドルチェさんを一時【収納】して『白の砂浜』経由で帝都近郊へ送り届けた後、俺は村長邸の隣に建設スペースを見積もることにした。

「あら村長。何してるの？」

見積もった範囲にロープを張っていると、アイディが俺に話しかけてきた。村では「ロクコのマスター」呼びをせず、「村長」と呼んでもらうようにしている。

「ちょっとアイディの宿泊場所を考えててな。この辺りに建てようかと」

「あら、良いの？　私はロクコと同じ部屋で構わないのだけど。快適だし、親友と過ごす夜というのも良いものよ？」

「それはそれで、ハクさんにどやされそうだからな」

私もひと月ほどロクコちゃんと一緒に寝たいのだけど？　とか言うと思う。

「折角だしリクエストを聞こう。どんな部屋が良い？　ベースは……まぁロクコの部屋みたいな感じだ。家具は同等のものを用意しておく」

「あら……それなら、魔剣（わたし）で切れない、燃えないベッドが欲しいわ？　ロクコの使っていた寝具、あれは素晴らしい物だけど、ニンゲン用なのよね。あの寝具で、私がそのまま寝ても斬れない、焼けないベッドはない？」

　そのまま、ということはつまり魔剣の姿で寝たいということか。

「沈み込むような……包み込まれるような？　あれは良いものね。そして、火耐性があればもっと良いと思うのだけど」

「さすがに火耐性はないな……焼いてないよな？」

「そんな素人みたいな無作法（ヘマ）はしないわ。ひと眠りするたびに焼いてたらロクコだって焼けてしまうじゃないの」

　なんの素人だよ。まぁ燃やしてないならいいけど。

「あれの耐火版とかないの？　錬金術で耐性を付与させればできるんじゃないかしら」

「付与？　錬金術、ってそんなことできるのか？」

「……錬金術の基本よね？」

錬金術にそういうのもあるのか。魔道具作るだけだと思って……いや、燃えない布とかも魔道具かな？

「物体の境界を曖昧にして特性のみを移す……というのがあるのだけど、ラヴェリオ帝国では一般的ではないのかしら」

「へぇ、そんなのがあるのか。俺が知ってるのはなんか魔法陣を描くってくらいだけど」

「……帝国の錬金術は進んでいるのか遅れているのかわからないわね。勇者工房とかいうところが技術を独占しているのかしら」

城に滞在中に勇者工房の製品を見せてもらったけど、あれは凄かったわ、とアイディは言う。勇者工房というのは確か、材料からＡ４用紙を１枚ずつ生産できるような魔道具や、無限に使える万年筆、コンロ不要の鍋とかも作っているところだ。帝都で見た。

そういやレオナにも【超錬金】とかいうスキルがあったっけ。あれも関係あるんだろうか……あるいは、勇者工房がレオナの工房である可能性も……やめよう。ここで考えても仕方ない。ハクさんに聞いたら分かるかもしれないけど、聞いたら知らなくていいことまで教えてくれそうな気がする。コワイ。

「そうだ。あのメイドは？　魔国の留学で錬金術を学んだのなら、防刃、耐火の付与ができるのではなくて？」

「ん？　ネルネか。確かに……今どこに居るかな」

とマップを開いてみると、どうやら村の鍛冶場に居るようだった。

「へぇ鍛冶場、ね」

「コーキーであった鍛冶師の息子だ。錬金術もやってるな」

「興味深いわ。案内してもらえるかしら？」

「いいぞ」

俺はアイディを連れ、カンタラの鍛冶場に向かった。

鍛冶場では、ネルネが魔国から持ち帰ってきた土産の本を読んでいた。

「おーい、ネルネ、カンタラ」

「いやー、やばいですねー、これー」

「おおう、いいなこれ……ふふふ」

2人は本に集中している。

「魔剣を作ろうーって試みがー、あるようですねー？」

「ああ……こいつはわしの研究が相当捗る(はかど)な……火の玉を飛ばす魔道具！　そういうのあるのか！　燃費は悪そうだが」

「剣を振ったら火の玉を飛ばす剣とかカッコ良くないですかー？」

「それいい、分かる……！」

「おーい、ネルネー？　カンタラー？　返事くらいしてくれない？　お客様いるよ？」

きゃいきゃい盛り上がっている2人。割と疎外感がある。

「……ネルネ！　カンタラ！　聞こえてるか！」

「……あれー、マスター？　それにアイディ様ー」

「ん？　おお、ケーマ殿いらっしゃい！　あれ、そっちの人は……おお！　魔国の！」

俺が声を荒らげてようやく反応した2人。カンタラは、アイディを見てにこりと笑った。ドワーフらしい髭面（ひげづら）の笑顔に対し、アイディは愛想笑いを浮かべる。

「ウチの村に留学してきたお嬢様だ」

「アイディよ。魔国から来たの、初めまして」

「カッ、カンタラです。で、その、魔国の方なんだ？　あー。言葉遣いが悪くて」

「ええそうよ。あと言葉遣いは気にしなくて結構。楽に話しなさい」

「助かる」

カンタラはなんかもじもじしている。

「どうしたカンタラ。トイレか？　集中してたのが切れたとたん尿意に気付く、あるあるだよな」

「いや、魔国っていったら魔道具とかの研究が進んでる国だろ？　なんかこう、色々教えてくれないかなって思って。丁度今ネルネ殿に魔国で教えてもらったことを教わってたところなんだが。えーっと、どうだいお嬢さん？」

「成程。研鑽を積む為に形振りを構わない姿勢、好ましいわ。良いでしょう、私が気付く程度のことで良いのなら助言してあげる。……そうねメイド。アイテムへの防刃、耐火の付与なんて見せてあげたらどうかしら？　可能るわよね？」

「あらー？　良いのでー？」

「私が良いと言ったら、良いのよ。ねぇ、村長？」

ちらりと俺を見るネルネとアイディ。まぁ、それくらいは良いだろう。

「そうだな、じゃあこのマットレスにそいつをやってみるっていうのはどうだ？　実際にやりながらの方が分かりやすいだろ」

「名案ね村長」

俺が取り出したマットレスを見て、ニコリと笑うアイディ。

「うぉおおおお本当か！　そりゃありがたい！　ちょっとケーマ殿、お嬢さんを借りるぞ」

「おう。どうぞどうぞ」

アイディが良いというのなら俺が断る必要もない。むしろ村の鍛冶屋の技術が上がるならありがたい所だ。

「ここではこの魔法陣を使ったりしてるんだ。錬金術の師匠に教えてもらったヤツだ」

「ふむ。……口伝で伝わってるのね。魔国では教本があったりするけど」

「教本。どうにか取り寄せられないか……」

「村長。土産に買っていなかった？」

ちらっと俺を見るカンタラ。そういえば買ってあるよ、ちょっと高かったけど。

「……読み終えたら教会に返しといてくれ」

「うぉおおおおおおお！　恩に着る！　ありがとう、ありがとおおおう！」

今にも踊り出しそうなカンタラ。

「マスター？　私にはー？」

「ネルネは一緒に魔国に行っただろ。それでカンタラに教えてたんじゃないのか？」

「あー、そうでしたー」

ネルネのおとぼけは本気か冗談かいまいち分からないんだよなぁ。

「良かったわね……あら？　粗末なだけかと思ったら、この炉、もしかして不死鳥の卵が入ってる？」

「お！　分かるかお嬢さん！　そうなんだ、こいつにはケーマ殿から貰った不死鳥の卵を混ぜてあって、炉としちゃ最高級なんだ！」

「へぇ、村長が。……私も欲しいわね？」

ちらっと俺を見るアイディ。在庫はまだまだたっぷりあるしタダでくれてやってもいいんだが……あんまり話を受けすぎてると際限なさそうだから、お断りさせてもらった。

アイディが鍛冶場で防刃耐火マットレスを作っている間に、離れが完成した。

測った面積に合う家を、マスタールームで【クリエイトゴーレム】を自重せずに作り上げる。その間に通りすがりのシルキーズに目隠しの天井なしテントを張ってもらう。その後、俺自身がナリキン仮面を付けて現場にいってから設置した。……完璧な偽装である。

テントを退(ど)ければあら不思議、そこには昨日までなかった建物が！

まぁ建てたすぐ後から「あれっ!?　こんな建物あったか!?」と驚いている村人が現れたが、そこはご愛敬(あいきょう)、いつものナリキン建設です。「また村長のとこか」「ああ村長なら仕方ない」「知ってた。だって村長だもの」とすぐに騒ぎも収まったし問題ない。

「……本当に建てたのね」

赤色のマットレスを抱えたアイディが離れを見つつ言った。

「お、アイディ。そっちもできたんだな」

「ええ……最低限の防刃耐火だけどね。村長が不死鳥の卵殻をくれればもっと良いものができたのだけど」

言いながら、アイディは目をぱちくりさせつつ離れの建物を改めて見る。

「……まさかこんなに早くこれほどの家が建つとは思わなかったわ。DP?」

　面倒事はさっさと済ませて寝るに限るからな。

「いや、ハクさんの知り合いのナリキンって魔法使いに依頼して建てたんだ」

「帝国、侮りがたし。といったところかしら……」

　建前の事情をアイディに教えたところなにやら深読みしだしたが、気にしないでおく。

「ともあれ寝床ができたんだ。そのマットレスも部屋の中に入れてしまおう。今日から使えるけど、どうする?」

「ええ、早速試したいからこっちで寝たいわね」

「じゃあ一応燃えないように鉄板を張ってる所があるから、そこで使ってみてくれ」

「分かったわ」

　アイディは防刃耐火マットレスを手に離れに入っていった。

　尚、マットレスも寝床もお気に召してくれたらしい。マットレスの代金は帰ったら送ってくれるとのことだ。まいどありー。

＊　＊　＊

「ダンジョンが見たいわ、ロクコ」

離れでロクコを誘っての夕食の席で、アイディが言った。

「えっ」

「聞こえなかったかしら？　ダンジョンの中に入って、ロクコのダンジョンがどのようなものか見たいのだけど。所謂視察ということね」

「なっ、ちょ、いきなり何言ってるのよもうっ！　アイディのえっち！」

顔を赤くしてパタパタと手を振るロクコ。

「……えっち？　えっちなのかしら？　どう思う村長？」

ビーフシチューをチョココロネに付けて齧りつつ俺に話を振ってくる。その食べ合わせってどうなんだろうと思いつつ、考える。

「……えっち、ではないんじゃないか？」

「ケーマの馬鹿っ！　は、恥ずかしいじゃない！　私の身体なのよっ!?」

ああそういうダンジョンコア特有の感覚……いやまて。なら同じダンジョンコアであるアイディも同じ感覚であるはずだろう。

「一緒に風呂入るのは問題ないのに、ダンジョン見せるのは恥ずかしいのか？」

「え、だって女の子同士だもの。それとこれとは違うでしょう？」

うーん、分からん。

「大丈夫よロクコ。冒険者が普通に入る範囲までで良いわ」

「……絶対よ？　裏側は見せないからね。あとケーマも一緒に来てね」

もじもじと顔を赤らめて俺を見るロクコ。

「……ついでにミーシャも連れてくか」

一応、アイディが武力行使で裏側を見ようとしたときに止められる存在が居ればありがたいし。

「むむむ、これはキヌエに掃除させておかなきゃ」

「視察なら普段のまま、ありのままを見せなきゃ意味なくないか？」

掃除とか面倒だという気もしなくもない。俺がするわけじゃないけど。

「た、多少は綺麗(きれい)にしておくのが礼儀でしょ。友達に汚い私(ダンジョン)を見られたくないというのもあるわ」

「あー……そういう感覚。なるほど」

「私は別に汚くても気にしないわよ？」

「私が気にするのよ！　掃除の指示っ！　キヌエに連絡ッ」

そうか、ダンジョン＝ロクコだとしたらダンジョンの掃除はロクコにとってはシャワー浴びるようなもんか。綺麗好きだもんな、ロクコ。

「侵入者には見られないよう気を付けるように言っとけな？」

「分かってるわよっ」

というわけで、ダンジョンコアのダンジョンコアによるダンジョンコアのためのダンジョン見学ツアーの開催が決まった。

翌昼。アイディとロクコ、それと付き添いとしてミーシャが『欲望の洞窟』前に集まっていた。これに俺が同行してのダンジョン見学ツアーとなる。

「ふふ、これからロクコの中に入るのね」

「本日はお日柄も良くお招きありがとうございますロクコ様！」

楽しみでうきうきしてるアイディとミーシャに比べ、ロクコの動きはどことなくぎこちない。

「……なんか緊張するわね」

保護者代理(ミーシャ)と留学生(アイディ)が見るって、喩(たと)えるならば授業参観的な気恥ずかしさがあるのかもしれない。

全員集まったので、早速ダンジョンに入って行こう。

まずは入口、冒険者ギルド員が受付をしているゲートを通る。

ここもギルドが来た当初は柵だけだったものだが、人も増えた影響かいつの間にかギルドから補強人員が入って受付ができていた。入る時は受付で冒険者カードを見せて通るのだ。

ここは冒険者でない人間（ランク不足含む）だけで入ろうとしたりするとさすがに止め

られるが、俺もロクコも一応Bランク、ミーシャに至ってはAランク。アイディは……まぁ賓客扱いだし、そもそも帝都のギルドマスターであるミーシャが居るんだから冒険者じゃなくても問題ないだろう。

「ねぇ。アイディも一応冒険者になるのかしら？」

「魔国でのハンターランクと対応したランクの冒険者として扱ってくれるそうだから、Bランクになる——だったかしら？」

「ええ、それで問題ないですね。揃（そろ）えてるので。あっちでBならこっちでもBですにゃ」

なるほど、ということはこのダンジョン見学チームは最低ランクB以上とかいう一流冒険者パーティーに相当する感じか。いやぁ贅沢（ぜいたく）だね。

というわけで受付を通過する。ミーシャが軽く挨拶するだけで、受付は敬礼して快く通してくれた。

「……ミーシャのサインでも宿に飾っとくか？　今更だけど、宿の後ろ盾に冒険者ギルドが居るいいアピールになるかもしれん」

「あっはっは、私のサインは高いですよー？　1枚プリン1個で承りましょう！」

安いなぁ。ハハハ、後で頼むよ。

ともかくギルド員の待機してる入口を通過すれば、石畳の敷かれた玄関エリアだ。

「へぇ……ロクコは洞窟型なのね。可愛（かわい）い。私は屋敷型だから興味深いわ」

「あぅ。恥ずかしいからそんなまじまじ見ないで欲しいんだけど……」

何か言い方に卑猥なものを感じるのは、このダンジョンがロクコの身体で、ダンジョンコア同士だからだろうか。ロクコにとっては、アイディとミーシャに2人がかりでじっくりと身体測定されるような感覚だろうか？　うん、そう考えるとかなり恥ずかしいかな。

「あ、ロクコ様！　ここらへんの壁舐めてもいいですかにゃ！」

「ミーシャ？　姉様に言うわよ？」

「すみません冗談です！」

さすがに今のは悪ふざけと分かる……わき腹舐めても良い？　くらいになるのかな。

「あ、アイディ。そこ落とし穴あるから気を付けてね」

「あら？……気付かなかったわ。ふぅん」

「ここの落とし穴……うん、もはや懐かしいにゃー。私のミノタウロスが……」

そういえば初めてのダンジョンバトルではよく引っかかってくれてたな。石畳の床の中に紛れさせた、薄い板のっけただけの落とし穴。板はゴブリンの体重では壊れず落とし穴にならない程度の強度だったから逆に効率よくダメージを与えられてたっけ。

「ねぇロクコ。落とし穴の解説はしてくれないのかしら？」

「した方が良いかしら、ケーマ？」

「いくら賓客といえどダンジョンの裏側についての詳細は話せないな。解説できるのは冒険者が気付くこと程度だ、それ以上は自分で分析してくれ」

「だって。ごめんねアイディ、そういうことで」

「致し方ないわね。少し時間を頂戴。……ふむ、気配があるのとないのとが混じって、余計分かりにくいわけね。虚実……いえ、両方実だから光と影かしら？　参考になるわね。どうやって作り分けているかは分からないのだけれど」

石畳の落とし穴をぺたぺた触りつつ、アイディは真面目に分析していた。……アイディの言う気配があるのはダンジョンの機能で作った落とし穴で、気配がないって言っているのは俺が自作した落とし穴だ。……もしかして、ダンジョン機能の罠は何かしら信号みたいなものを発信しているのか？

俺がそんなことを考えていると、ロクコが赤い顔してアイディの肩を揺さぶった。

「はい！　おしまい！　次行こ次っ、ほら、恥ずかしいからそんな見ないでよぅー」

あれか、人間でいうと口の中まじまじと観察されるようなもんか。……もっと奥なら胃カメラで観察されるような感じになるんだろう。

「あらあら。ロクコのここ、手触りもいいし可愛いじゃない。ねぇハク様の猫？」

「ですにゃー。やっぱりロクコ様の石畳は一味違うひんやりまったりで良い寝心地……」

「ミーシャ、ハク姉様が怖くないようね？」

「すんません冗談です！」

たっぷりロクコの入口（文字通りで深い意味はない）を観察した後、さらに奥、迷宮エリアへ入っていく。

ちなみにモンスターは素通りだ。平均Bランク越えのパーティーとかにゴブリンが勝てるわけもないから避けるのは当然だよね。気配を察して遠巻きに見てるだけになるが、これについてはダンジョン関係者である2人にも説明は不要だろう。俺達に襲い掛かってきてもただのＤＰの無駄使いだ。

「それでここは迷宮エリア――なんだが、今日は特別にほぼ直通できるルートをこっそり作っておきましたのでこちらへどうぞ」

「あら残念。マッピングできるかと思ったのに」

「ダメ、ダメだからね!? ダンジョンバトルでもダンジョン攻略でもないのに！」

そこ恥ずかしがるんだ。いやまぁ、俺も見せたくないけど。恥ずかしがるポイントなんだ。へぇ。そしてダンジョンを正当に探索するので見られるのはいいんだ。へぇ。……ダンジョンコアの感覚って分からん。

強いて喩えるなら海やプールやオーディションでもないのに水着を着て身体を見せるのは恥ずかしい、といった感じだろうか？　ダンジョンバトル＝水着審査……ふむ。ちょっとダンジョンバトルの見方が変わってしまいそうだな。

「私、ロクコのダンジョンの名前の由来となった『強欲の罠』が見たかったのだけれど」

「それは見たいですにゃ！　ダンジョンバトルした時はなかった施設ですもん、そこを見ずに帰ったらハク様に殺されます！　お願いするにゃー！」

「えぇー、恥ずかしいわよ。それに直通なんだからさっさと奥行きましょ」

「もちろん直通ルートで寄っていけるように手配してあるぞ」

「……抜かりないわねケーマ」

『強欲の罠』はうちの名所とも言える。これの紹介を外すのは、京都に修学旅行に行って金閣寺や清水寺を見ないようなもんだからな。さすがに予想済みだ。

「……うー……ま、まぁ、見てもいい、わよ？」

赤くなるロクコ。まるでビキニ姿を見せるのを恥じらう乙女のようだ。なるほどこれはこれで可愛く見えてきたぞ。

「うふふ、ロクコの素敵な所、じっくり観察(み)させてね？」

「ロクコ様のチャームポイント、しっかりハク様に報告しないとですにゃー」

「んじゃ行きますか。こっちだぞ」

回転型隠し扉(どんでんがえし)を押して、一般冒険者に見られないよう直通通路に入っていく。添乗員(ツアーコンダクター)の気分になるな。手旗でも持ってくりゃ良かったかも。

「はい、こちら『強欲の罠』となっておりまーす」

そう言って一行を『強欲の罠』こと魔剣お試し部屋に案内する。このダンジョンの一押し観光スポットだ。

「此処(ここ)がロクコの『強欲の罠』ね」

「部屋としては結構広いんですね。中部屋くらいかにゃー……で、あれが魔剣の台座と」

ミーシャが早速魔剣の台座に近づき、すぽっとお試し用魔剣こと、魔剣ゴーレムブレードを引き抜く。同時にガシャン！　と入口が太い鉄針で埋め尽くされて通れなくなる。それはまさしく獣の口が閉じられるが如くだ。

「誰かが入ってくるのを見計らって剣を抜けば殺せるってことね」

「うわっ、アイディってばえぐい使い方思いつくわね。実際そういう利用者もいたけど」

「あはは、殺傷力のあるトラップにわざとハメて『あんなトラップがあるだなんて』は仲間割れ冒険者の常套句だからにゃー。あるある」

ミーシャはそんな物騒な冒険者あるあるを披露しつつ、手に持った魔剣をじっくりと観察する。

「魔剣は……魔力を流すと微振動。切れ味増加ですかにゃー。ダンジョンバトルでも使ってたしケーマさんのお気に入りかにゃん？　思ってたよりコストが安いのかにゃ？」

うん、Aランク冒険者のミーシャに魔剣が実はゴーレムだとバレないか少し不安だったが、大丈夫そうだな。だが本番はこれからだ。

「震える魔剣……ハク様の猫、私にも貸して頂戴？　魔物型かしら、道具型かしら」

そう。なにせアイディは魔剣型コアだ。本家本元の魔剣に俺の作った魔剣ゴーレムブレードが通じるかどうか――

「魔物型のようね。無生物系の気配がするわ」

「そっちかー。道具型（アイテムタイプ）かと思ったんだけどにゃー」

通じた！　やったぜ！　と、俺は心の中でガッツポーズをとった。

ちなみに魔剣についてはカタログでもモンスター、アイテムの魔剣がそれぞれあるので、アイディの言っているのは多分そのことだろうか。

「アイディ自身はその分け方で言うと魔物型（モンスタータイプ）になるのかしら」

「その通りよロクコ。より詳しく言えば、剣に意思や無生物の反応があれば魔物型（モンスタータイプ）、魔法付与（エンチャント）や魔法陣等によってただの特殊効果を持った剣というなら道具型（アイテムタイプ）ね。……この村の鍛冶師が作ろうとしていたのは道具型（アイテムタイプ）にあたるかしら」

俺の愛剣、シエスタも魔物型（モンスタータイプ）の魔剣ってことか。喋（しゃべ）れるし。

「ふぅん、そういう感じなんだ」

「そうね、あとゴーレムも似たようなものよ。魔国で村長が作らせたのは道具型（アイテムタイプ）、このダンジョンや宿で働いてるのは魔物型（モンスタータイプ）よ」

……やっぱりゴーレムブレードがバレたんだろうか？　少し冷や汗が出るな。

「あっ。ちなみにその魔剣、この部屋からうまいこと持ち出せたら自分のモノにできるのよ。ねっケーマ？　そういうルールだったわよね」

「……ほう？」

「……へぇー？」

ロクコの一言に2人は露骨に反応し、俺を見た。

「この部屋は冒険者達に魔剣がどういうものかを体験させて、より危険な奥へ魔剣を求めて潜らせるよう欲を促すのが目的だからな……持ち出せるようなら持ち出し対策が要るから、挑戦してみるか？」

「成程ね。では私から試させてもらっても良いかしら？」

魔剣を台座に刺している状態に戻してスタート。アイディが魔剣の台座から魔剣を引き抜くと、入り口が針で閉じる。戻すと開く。抜いて閉じ、戻して開き……

「……これ楽しいわね」

「後がつかえてるから遊んでないで早くするにゃー？」

「あら失礼」

ミーシャに促され、魔剣を引き抜くアイディ。そして、針で塞がった入り口まで歩いて行き、自前の赤い魔剣を取り出して構え——

「——【クリムゾン……」

「まったまったまった！」

俺は慌ててアイディを止めた。アイディはスキルを中断してくれた。

「何かしら村長」

「今、何しようと？」

「私の攻撃スキル、【クリムゾンロード】を使おうと思ったのだけれど。この針を破壊したら出れるでしょう？　そういうことよ」

勘弁してくれ。それ三つ巴のダンジョンバトルで鉄球と海水を蒸発させた威力を持ってるスキルじゃないか。海水が水蒸気になった分の、いわゆる水蒸気爆発の勢いすら海に押し返してやがった凶悪スキル。一直線でぼふんって。ダンジョンの壁効果で強化されてるとは言え、鉄製の針なんて余裕で吹き飛ぶわ。迷宮エリアの壁も貫通するわこんなん。

「手加減はするつもりだったわよ？」

「取得で構わないので、ダンジョンの破壊は勘弁してください」

「あらそう？　ふふ、やったわロクコ」

「……おめでとう？」

アイディは嬉しそうに魔剣ゴーレムブレードを【収納】にしまった。

「じゃあ次は私ですかにゃ？　魔剣の補充よろしくケーマさん！」

「本来はある程度期間を置いてからだけど、まぁ今回は特別だぞ。感謝してあとでサインしてくれ。プリン奢るから」

「にゃっはは、了解にゃー」

軽口を叩きつつ、ダンジョンの設置機能で魔剣を台座に補充する。

「それじゃ、智将ミーシャと呼ばれる私の本気を見せてやるにゃー」

「それ自称じゃなかったっけ？」

ミーシャは台座に刺さったままのゴーレムブレードの柄に手をかけた。

「ふふ、この程度、入口を壊すまでもないにゃ」

そしてミーシャは魔剣を引き抜くと——ぱしゅんっと、消えた。

風が吹く。そして入口に生えた針の向こう側に、ミーシャの反応が現れた。

「にゃっはっは！　針が閉じる前に駆け抜ければこのよーに、かんたーん！」

……うん、単純にAGIゴリ押しだね。

「やるわね、ミーシャ」

「魔国のお嬢様には難しい方法でしたかにゃーん？」

思わずアイディからの呼び方が『ハク様の猫』から『ミーシャ』に代わる程には難易度の高い方法らしい。俺は台座に魔剣を補充し、入口を開ける。そこには手に魔剣ゴーレムブレードを持ったミーシャがドヤァと満面に笑みを浮かべて立っていた。

「いやぁ、ロクコ様の魔剣とかハク様に良いお土産ができましたにゃー！」

ミーシャは、上機嫌に魔剣ゴーレムブレードを【収納】にしまった。……今度、まっすぐ駆け抜けられないように入口の通路を曲げたりしてみるかな。

「あ。今気づいたけど、これ別に超スピードとかじゃなくても【転移】でいけるわね」

ロクコの呟き。うん、それやられたら道を曲げても意味ないね。完敗だよ畜生。……いっそ部屋の外に持ち出したら自壊させるか？　反則的だけど。

「まぁこの部屋から魔剣を持ち出せる技量があるニンゲンなら、こんな下級の魔剣意味ないでしょう。気にする程のことじゃないわ、村長」

「……一理あるなぁ」

少なくとも、急ぎで対応する必要はなさそうだ。

と、そんなこんなで名所である『強欲の罠』は見事2人には突破されてしまった。このダンジョンの山場は過ぎたも同然、というか残す箇所は『強欲の宿屋』。謎解きエリア跡地。案内はここまでだ。この先はあまり冒険者も入ってこない場所であり、わざわざ説明する必要もない場所である。螺旋階段エリアの先、倉庫エリアを闊歩している変則的なゴーレムはあまり見せたくないし。

ちなみに今現在の『強欲の宿屋』利用者は何人もいた。空き部屋もあるが……というか手前の貸本屋とか保存食売り場とか、何だよ。便利だなオイ。ここで生活させる気満々かよ。俺はDP稼げるからいいんだけどさ。

「この奥には倉庫エリアがあって、『強欲の罠』のところと同じ魔剣が置いてある。が、一般的な冒険者は螺旋階段エリアの前、つまりここまでを活動範囲にしてるから、案内もここまでだな」

「そう。もっと見たかったのだけど……前にダンジョンバトルでここに来た時、中々立派な闘技場があったけれど、それもこの奥かしら」

帝都近くにダンジョンを作った時の、三つ巴ダンジョンバトルの時の話か。

「そうだけど、案内はしないぞ」

「あの時の吸血鬼と再戦したいわね……」

「ダメだぞ?」

そんなことになったら、レイの胃袋が持たないだろう。繊細なんだぞうちの子は。


「……あー、ここ、模様替えしたんですねぇ」

一方ミーシャは感慨深そうに知恵の門モドキ跡を見ていた。

「『工事』も終わったみたいですしにゃー? いやー、あの時のハク様の顔は……」

「……あ、うん。お疲れ様?」

「にゃははは、けどおかげでしばらく智将を名乗れましたからにゃー?」

ロクコは何か思い出したようで、「あぁ」と頷き、アイディは意味が分からず首を傾げていた。

「しかし『強欲の宿屋』ですかにゃー……ギルドの報告書にもあったけど、実物を見ると狭くて落ち着くスペースが昼寝に最適そうですにゃぁ。寝てるだけでアイテムがもらえるとか天国では? どういう仕組みなので?」

「詳細は秘密だぞ。解説は冒険者に分かることまでだからな」

実際、裏側では半分以上手作業でやってるから説明もなにもないいんだけど。

「村長、『強欲の宿屋』は抜け出せたら魔剣が貰える、とかはないのかしら？」

「ないぞ。まぁ運が良ければ魔剣も手に入るってだけの施設だな」

さすがにここを試していくのは時間の無駄（というかミーシャもアイディも1日当たりのＤＰ量が0なのでお互い得もない）なので、俺達は引き返した。

帰りも当然戦闘などはなく、すんなりと出ることができたのは言うまでもない。

＊　＊　＊

ダンジョン視察の翌日。今日はオフトン教教会にきていた。

「此処が噂に名高いオフトン教の本拠地ね」

噂に名高いも何もここに来るまでオフトン教の「オ」の字も知らなかったアイディが堂々とのたまいやがる。というわけで、アイディはゴレーヌ村への留学という名目でオフトン教教会を訪れていた。

「どうだこの快適な昼寝空間は」

「それで、早速だけどこの教会の闘技場は何処にあるのかしら」

「え？」

「え？」

こてりと首を傾げるアイディ。俺も訳が分からない言葉が聞こえたぞ？

「教会は昼寝をするところじゃないわよ？」

「なんで教会に闘技場が付くんだよ」

「え？」

「え？」

反対側に首を傾げるアイディだが、俺には何となく察しがついた。

「ああ、文化の違いだな」

「……文化の違い、ということは、帝国では教会は寝るところということなのかしら」

「うん。それについてはオフトン教だけかな、多分」

というかアイディはオフトン教の何を聞いていたのだろうか。良くてロクコからちょいちょい話を聞いていた程度だと思うが。

「魔国では教会に闘技場が付くのか？　記憶にないけど」

「ああ、村長は50番様の所で奴隷をしていたから知らなかったのね。怪我をしてもすぐ回復できるから、普通は闘技場と教会は併設してあるものよ」

「そういう利点があるのか」

バトルジャンキー国家の魔国ならではの思考だった。

「……まさか初日に雑魚共をあしらったあの広場が闘技場だったのかしら？　確かに、宿からよく見えるし盛り上がる場所ではあるわね」

「その発想はなかったよ」

それと、俺達の中で回復魔法が使えるのは、俺とロクコと、ニク、イチカ、モンスター娘の幹部3人の計7名。前にロクコがガチャで出した分のスキルスクロールもあったのでとりあえず【ヒーリング】は覚えておいた、という感じだな。

あ。それと教会のシスター長、サキュバスまとめ役のスイラも回復魔法が使えるようだ。というか、他のサキュバス達も擦り傷を治せる程度の簡易回復スキルが使えるらしい。

「こうしてみると、やっぱり教会らしい教会ってことだよなウチのオフトン教も」

「魔国では闘技場(とうぎ)がない教会は考えられないけれど」

「帝国内でという意味でだな。闘技場は……代わりに宿に遊戯室(ゆうぎ)があるから」

闘技と遊戯で言葉が似てる……って、アイディには伝わらんか。あとダンジョン内の闘技場は紹介していないので秘密とする。言ったら絶対そこに入り浸って戦いを要求してくるに違いないからな。

「遊戯室？」

「ああ。ネズミレース……賭け事ができる。ダイスとかカードゲームのためのテーブルも一応置いてあるぞ。ロクコと行ったりはしなかったか？」

「まだ行ってないわね。単に賽子（ダイス）や札遊戯（カードゲーム）がしたければロクコの部屋でもできるし……ネズミレースというのは？」

「何匹かのネズミ……グレイラットを並べて走らせて、どいつが最初にゴールするか賭ける遊びだ」

「なるほど、奴隷競走（ニンゲンレース）の鼠版（ラット）というわけね」

魔国にも似たような賭け事はあるらしい。言葉の内容から奴隷を走らせるようだ。

「それはさておき、後ろの棚に無造作に置かれてるこれは……本、よね？」

「ああ。本だな」

「ロクコの部屋にも散らかってたけど、この村では本が安いのね」

言いながら本棚の本を手に取り、パラパラとめくるアイディ。

「ふむ。良く分からないけど、これが聖典なの？」

「いや。ウチの聖典は門外不出でな、ミサでしか内容を伝えないんだ」

「……よね、これ、どう見ても農業のことしか書いてないもの」

言いつつ、さらに次の本を手に取りパラパラとめくるアイディ。

「速読術でもあるのか？」

「生憎（あいにく）、今は見てるだけよ。あとで読み返すわ」

あ、そっか。アイディもダンジョンコアなんだし見た光景を正しく映像として記録できる機能があるんだよな。……ってことは立ち読みでカメラ撮影してるようなもんじゃないか。オイこら。

「ここの本を読むならせめてオフトン教に入信(はい)ってけよ」

「生憎私は魔神教なの」

「魔神教？　初めて聞くな」

「白神教(はくしんきょう)の魔国版、といえば分かり易(やす)いんじゃないかしら。その内容も」

……ああ、なるほど。大魔王(6番コア)を頂点とした宗教なわけね。はいはい、お察し。

「だがウチのオフトン教は白神教に入っていてもサブ宗教として信仰していい宗教なんだ。実際、食神教や白神教、鍛冶神やダイス神に信仰を捧(ささ)げつつもオフトン教になってる奴(やつ)は居るぞ」

「……サブ宗教？　初めて聞く概念ね。そんなことして神様は怒らないの？」

「ああ。なにせオフトン教に神は居ないからな」

「そういえば、そんなことロクコが言ってた気がするわ。何を言ってるのか分からなかったから聞き流したけど……オフトン教の神はロクコではないの？」

斬新な解釈だな。なんでロクコがオフトン教の神様になるんだよ。

「……オフトン教で、ＧＰを集めてるものだと思ったのだけど」

「……ＧＰ？」

「まさか、ＧＰを知らないでオフトン教なんてものを作ったの？」

まぁ吃驚、といった顔で目を見開くアイディ。

え、何？　なんかあるの？　ＧＰって？

「ＧＰは神に――父上に捧げる点数よ。爺様曰く、色々見返りをくれるそうよ？」

「ほほう？」

「ＤＰカタログにはないお願いを聞いてもらう時にも使えるそうね。前に話した魔国で領土を賭けたダンジョンバトルができるのとかもそうだし。ハク様はこれで他のダンジョンコアを狩ることを許していただいている、という話もあるわ」

なんと。お父さんポイントすげぇ。つまりゴッドポイントってことかなＧＰ。……うん、是非ともとっておきたいところだ。何かあった時に捧げて助けてもらいたいかもしれない。信仰を集めればＧＰが貰えるということなんだろうか？

と、その時唐突に『ぴろりん♪』と音がして、メニューが勝手に開いた。

「……」

「あら、どうかしたの？」

「ああうん、メッセージがきただけ……ちょっと待って」

それは『父』からの手紙だった。

……『１００ＧＰでケーマ君とロクコの仲をハクに公認させてあげるよ』って。何、俺達の話を聞いてたの？　盗み聞き？

早速『盗み聞きは良くないと思います。慰謝料に100GP要求するのでそれを充てるとかできます？』と返事する。――1秒で返事が届いた。

『あはは、ごめんごめん。教会だったから偶々だよ。とりあえず、お詫びはメニュー内のGPの項目を参照できるようにしておいてあげるということで。あとGPは自分で稼いでね、じゃないと意味ないし』

と。

うん。改めてメニューを見ると、DPを表示している下に「GP：34」という表示が追加されていた。

「あー、うん、GP出たわ」

「あら素敵。私もまだ見れないのに……魔族は皆、魔神教の使徒として頑張ってGPを稼いでるのだけれど、ある程度溜まるまで見れないそうよ」

使徒、そういうのもあるのか。

そういうことなら、俺は教祖としてオフトン教のGPを稼げていて、その結果がこの34GPというわけなのだろう。

「ま、流石に魔神教の使徒たる私が他の宗教を信仰するわけにもいかないから、これ以上は読まないであげるわ。たとえそれが神の居ないオフトン教でもね」

「先日ミーシャがオフトン教に入信したけどあれは良いのかな」

「えっ？　ハク様の幹部よね？……白神教の教え次第じゃないかしらね」

まぁ、多分……きっと、大丈夫だろう。おそらく。あるいは。お仕置きくらいは受けるかもしれないが。

「……とりあえず、開放された項目をチェックしたいから今日はこのくらいで良いか？」

「良いわよ。何か分かったことがあったら私にも教えて頂戴な」

「……それは約束できないが、オフトン教のことが聞きたかったらシスターにでも聞いてくれ」

「ええ。それじゃ勝手に見て帰るとするわ」

というわけで、アイディをその場に残して俺は村長邸に戻った。早速GPについてチェックだ。


――と思ったのだが、実際調べてみれば『1GPを10万DPに交換する』という項目の他は、2つの自由入力欄があるだけだった。

『GPを捧げる：（ポイント自由入力）』と、『要望：（自由入力）』の2つ。

しかもこれ、別々に分かれている。GPを捧げた後、要望が通るかどうかは『父』の気分次第ということだろう。精一杯貢いで機嫌を取っておいて、その上でお願いしろと。そういうことか。……これは自由度が高すぎてどうしようもないな、と、俺はそっとメニューを閉じた。

結局GPについては現状放置することにした。

今まで放置だったも同然なんだし、これからも放置で良い気がする……そのうち溜まったら『父』に頼むというのもアリだな。うん。GP溜めるにはやっぱり信仰を集める的な活動をしなければいけないんだろうが……比較対象が全然ないので、現状の34GPや、目標の100GPが多いのか少ないのかわからないのが困りものだ。

GPをDP（ダンジョンポイント）に換えるのは、DPを金貨に換えるのとはわけが違う。金貨はDPに一応戻せるけど、DPはGPにできないっぽいからな。不可逆だ。よほどDPが足りない、という状況でないと使わない機能だろ……

ま、考えるのはこれくらいにしてやっぱり放置だ。さて寝よう――すやぁ。

アイディ　Side

ケーマに案内されたオフトン教教会。まったりとした空気が流れるそこに、アイディはあるモノ――ある者を見つけた。見つけてしまった。

「あら！　あらあらあら」

「え？……ひゃい!?」

アイディは喜色満面でその者にずんずんと歩み寄り、有無を言わさず手首をすっと握った。それは、オフトン教聖女、レイであった。

「あー、その、アイディ様？　何か御用でしょうか？」

主人達(たち)の客に、レイは困惑しつつも丁寧に対応する。

「貴女(あなた)――んん、ここでは種族は言わないほうが良いわね……その、アレよね？　村長の、えーっと、言葉を選ぶのが面倒ね……貴女のこと、探していたの。名前を聞かせて頂戴？」

「……レイ、です」

「レイ、そう。レイよ。勿論(もちろん)覚えてたわ。覚えてたからね？　うふふふ」

なんだろう、とても嫌な予感がするとレイは思った。しかしアイディはそんなことは構わずレイの手を握る。そして、愛(いと)おしそうに手の甲を撫(な)でた。

「あー、その、どこかでお会いしましたか？」

「あら！　そうなの？　私のこと、忘れてしまったの？　あれほど熱い闘い(デート)をしたというのに。つれないわね……？」

「で、逢瀬(デート)!?」

無論、レイに逢瀬(おうせ)の記憶はない。しかしアイディは魔国の者、そして、アイディとレイはかつて三(み)つ巴(どもえ)のダンジョンバトル終局において、闘技場で（アイディの視点では、多少

の障害物はあったが）1対1の死闘を繰り広げた間柄だ。

その好感度は、帝国で言えば熱いキスを交わした恋人に匹敵する。（ケーマ調べ）

そんなとても嬉しそうなアイディに対し、レイはただただ困惑した。先日の宴では丁度ネルネを尋問する都合で顔を合わせなかったし、レイは本気でアイディのことを忘れていたので自分とは接点がない相手だったのに、と。

「もう一度決闘したかったのよ、貴女と。レイと。さぁ、しましょう？」

「あ、あの。仕事中ですので……？」

「待つわ。貴女の為なら、いくらでも。それとも手伝いましょうか？」

ぐいぐいと押してくるアイディ。

「ええと、私の仕事は、私でなければできないことですので……」

「では待つ方ね。何時にする？　場所は広場――は不味いわね。ダンジョンの奥にある、思い出の闘技場が良いかしら？」

うっとりと思いを馳せるアイディに、ようやくレイは理解した。アイディがダンジョンバトルをした相手であり、自分が大活躍したあの闘技場での戦いの相手だと。……むしろ良く思い出せたと感心してもいい程だ。なにせダンジョンバトルの時にはアイディは魔剣の姿で、しかもリビングアーマーを使っていた。レイは顔も知らなかったのだから。

そしてレイは自分の常識に当てはめて考える。つまり魔国ではない帝国的な常識。それで考えてみれば、好感度が高い理由がない。敵対した相手なのだから。いや、同じく敵対していたはずのロクコとアイディはとても仲が良いのだが、それはダンジョンコア同士という前提の違う仲だからだ。あのダンジョンバトルだって保護者同伴の上での友達同士の喧嘩（けんか）なのだろう。

喩（たと）えるならレイは友達のペット、それも主人（ロクコ）の為にがぶっと噛（か）みついたペットだ。それでアイディがなぜこれ程までに寄ってくるのか分からない。当の友達である主人（ロクコ）にもこれ程の距離感ではなかったはずなのに、0センチの距離で、絶賛手を撫でまわされている。

レイがもしケーマが帝国に提出したレポートの内容を知っていればその理由も分かったかもしれないが、生憎（あいにく）と知らなかった。……大事なことなのでもう一度。タイマンで死闘を繰り広げた間柄は、帝国で言えば熱いキスを交わした恋人に匹敵する！（ケーマ調べ）

怖い人に目を付けられてしまったと顔色を悪くするレイ。

「ねぇ、良いでしょう？　もう一度したいの……」

頬を赤く染めて可愛（かわい）くおねだりをするアイディに、レイは「次は殺すわ」という副音声を聞いた。（尚（なお）、それは魔国式デートではあながち間違いでもない（ケーマ調べ））

「その、マスターから決してアイディ様と戦うなと言いつけられておりますので！」

レイの咄嗟の一言。客として持て成してくれとは言われているので、少し拡大解釈なところはあるが嘘でもない。これを聞いてアイディはむぅ、と口をすぼめた。

「そう……仕方ないわ、手の内を隠そうということかしら？　仕方ない、諦めるわ」

「あはは、そうしていただければ幸いです……」

「仕方ない、本当に仕方ないわ」

不満げだが引いてくれたアイディに愛想笑いを返すレイ。

「仕方ないからそれはそれとして。レイ。貴女への興味は尽きないのだけれど、仕事を見学しても良いかしら？　レイはシスターなのよね？」

「ええと……まぁ、そうなります、かね？」

厳密に言えば聖女だが、オフトン教では聖女もシスターの1人には違いない。特に区別する決まり事がないので。実際にレイもシスター服を着ているし。

「オフトン教のことはシスターに聞けと、村長が言っていたわ。つまり、私は貴女にオフトン教のことを質問をする権利があり、貴女には私に答える義務がある。違うかしら？」

「……か、かしこまりました」

　こうして、レイはアイディに目を付けられてしまい、その後もアイディはちょくちょくオフトン教教会を訪れレイを構い倒すことになる——なにせタイマンで死闘を繰り広げた間柄、しかもアイディは負けた側だ。このアイディを帝国で喩えるなら、憧れのイケメン

から熱烈に愛を囁かれた無垢な少女に相当するのだから。(ケーマ調べ)

＊＊＊

「ケーマ、ケーマ！　見てこれ、これ！」

アイディが留学してきてから数日。ロクコが凄く元気に俺の部屋に飛び込んできた。

「なんだよ。俺の睡眠妨害するくらい凄いことなんだろうな……？」

「もちのろんよ！　アイディと色々話してたらメニューにこんなのが追加されてたの！」

ロクコが嬉々としてメニューを見せてくる。GP……の話ではなく、『強化』という項目がそこにはあった。

「『強化』！　『強化』よ！」

「……そういえば、前にアイディがそんなこと言ってたっけな」

たしか俺達にとって3回目のダンジョンバトルの後で「魔剣型のコアには『強化』の項目があって、DPを使って強くなる」とか言ってた気がする。俺達のメニューにはなかったが、あれは解放されていなかっただけなのか。何がキッカケで解禁されたのかは知らないが……アイディと一体どんな話をしたんだか。

「どうやらこの『強化』って項目は……私をパワーアップする機能なのよ！」

「ほほう、まんまだな」

「例えば『獣化』！　これを使うと私に野生のパワーが身につくわ」

そう言ってロクコは『強化』項目を開いて中のカタログから『獣化』を開く。さらに細かく『イヌ』とか『ネコ』とか『サル』とか、『ライオン』なんてのもあるな。そのページには哺乳類が載っていた。モノによってお値段も変わるようだが……『ウサギ』でも15万P。『ライオン』は50万P。……300万Pで『クジラ』なんてのもある。

「『龍化』なんてのもあるわよ？　ふふふ、私がドラゴンに変身して戦うってのも中々良さそうじゃないかしら」

と、別のページを開くと、こちらは『ワイバーン』で80万P、『グリーンドラゴン』で3000万P……『レッドドラゴン』はなぜか安いな、1000万Pだ。お隣さんにレッドドラゴンが居るからだろうか。あれ。『ワニ』とか『イグアナ』、『ヘビ』、『リザードマン』もこの範囲なの？　このカタログ色々おかしくないか……関連項目で載ってる感じかな。『爬虫類化』ってのもありそうだし。

「『武器化』『防具化』もいいわね。ケーマに装備してもらって一緒に戦ったり？」

『剣』、『盾』、『鎧』、『兜』……『下着』もあるんだが。防具か。いいのかこれ？

ちなみに一律30万P。ロクコがアイディから聞いた話では、これはそれぞれ下級品に変身する。その後『魔剣化』とかが出たりするんだそうな。（もっともアイディは最初から魔剣型コアだったからその強化は不要だそうだが）

……アイディが『魔剣化』して別属性の魔剣に、みたいな変化もできる感じなのだろうか？　剣から槍へ変化、剣から鎧へ変化、みたいなこともできるのかもしれない。やろうと思えば。

「あと『人化』もあるわね。私には要らないと思ってたんだけど、結構面白いわ」

『人』、『獣人』、『エルフ』、『ドワーフ』……まぁ各々10万Pか。外見が大きく変わったりもするんだろうか？　変装みたいな使い方もあるかもしれない。……そういえば219番が人化について何か言ってたが、思い出さないでおく。

「獣人ロクコ……猫耳と犬耳、どっちが似合うかな」

「なになに？　興味あるなら取ってみる？」

「いや、これくらいなら獣耳カチューシャとかで十分だろ」

さらにカタログを調べていくと、『モンスター化』というのもあり、これはウチのダンジョンで出せるようなのが一通り対象に選べるようだった。あ、こっちにもドラゴン載ってる。関連項目っぽいのが適当にまとまってる感あるなぁこのカタログ。まぁ、紙のカタログじゃないしこれでいいのか。

「まぁどれも、普通にDPで出す方が安いからわざわざロクコに変身してもらう必要性がないってのはあるな」

「まぁ、そうね」

……物理攻撃に強いスライムになってもらう、とかはアリかもしれん。不定形なら小さな隙間を通って逃げたりするのにも使えそうだし。緊急時用に。

「でもでも、ケーマの【超変身】みたいでワクワクするわね？」

「ＤＰ(ダンジョンポイント)がかかるけどな」

「そういえばケーマって食べ物に変身できたりする？　飴玉(あめだま)とか」

『強化』カタログにはないが、俺の【超変身】では変身可能だ。……と、ロクコが俺を御馳走(ごちそう)を見るかのような目で見ている。

「……食うなよ？　俺だぞ？」

「復活するしいいじゃない。噛み砕いたりしないから大丈夫よ？」

「どんな感じだよ。舐(な)め溶かされて死亡とか冗談じゃないぞ」

「ま、そうよね。お腹(なか)の中で復活されたら私が危ないし」

それは危ない。冗談抜きで。

「えへへ、私に舐め溶かされたかった？」

……ちらりとロクコの口が見える。というかロクコが見せてきてる。舌がうねうね、飴玉を転がすような舐める動きだ。俺がその舌の動きを見ていると、ロクコがにやっと笑う。

「舐めてあげよっか？」

「……ロクコ。ひとついいことを教えてやろう。……キスより卑猥だぞ」

「にゃ!?」

ぼっとロクコの顔が赤くなった。

「ひ、卑猥とかっ！　そういうのじゃないから！　そういうのじゃないから！」

「お、おう。分かった分かった」

そこにあった枕でぼすぼすと叩かれる俺。地味に痛い。

「……ケーマ、ハグ」

「はいはい」

ハグはハクさんから許可も出てるしし放題というかなんというか。とりあえず俺はロクコをギュッと1回ハグ。ロクコは満足したのか「はふぅ」と離れた。

「まぁそんなわけで、『強化』できるようになったのよ」

「そうだな。……というか、変化系じゃなくて普通に強化するのが見当たらないんだが。アイディが言ってた『不壊』とかそういうの」

まぁこれは非生物系限定の強化かもだけど。

「まだロックがかかってるんでしょうね。そこはよく分かんないわ。……それ出たら私も戦えるようになるかしら？」

「いや、ロクコは戦うなよ。ダンジョンコアの癖に戦ってる魔国連中が頭おかしいんだ」

……ロクコ、最近ちょっとアイディに毒されてるんじゃないか？　あんまり悪い影響受けるのは望ましくないんだけどなぁ。

＊＊＊

「マスター！　ロクコ様！　お願いがあります、ダンジョンの改装をすべきです！」

俺とロクコが部屋でごろごろしていると、レイがそんな奏上をしてきた。

「なんだ藪から棒に」

「不意打ちではないです、このところダンジョンを改装していないじゃないですか？　さすがにダンジョンの管理を任されているとはいえ、改装はマスターとロクコ様の許可をいただかねばできません」

なるほど。レイにはエレカという配下を加えてダンジョンの運営を大分任せている。そのレイがダンジョンの改装をしたいというのであれば、きっとそれなりに理由があるのだろう。

「今の作りでは、闘技場エリアまで一直線です！　いつアイディ様に連れ込まれて殺されてしまうか分かったものではありません！」

ああうん。

「そういえばレイはアイディにかなり気に入られてたわね」

「き、気に入られているのですか？」

「気に入られてるわよ。レイのことくれないかって何度か聞かれたことあるし。当然断ったわよ？　ウチの大事な幹部ですもの」

「ろ、ロクコ様……！　ありがとうございます、ありがとうございます！」

そんな引き抜きがあったのか……まぁ雑談レベルの話だろうけど。

「……というか、私は気に入られていたのですか？　殺されるかと思っていたのですが」

「あー。ほら、ダンジョンバトルでアイディと戦ったことあっただろ？」

「魔国基準で考えれば相当仲良しになるわね」

そうなのである。しかも恐らくアイディ側の視点で考えればレイと1対1の死闘で、俺の横槍があったとはいえレイの優勢、なんなら勝利で終わっている。俺ですら状況が揃わなければ名前で呼ばれない所、レイはロクコ並みに名前呼びであるらしいことからもその気に入り具合が窺えるというものだ。

「ニク先輩が敵わないような相手に、うっかり勝ってしまったことになっているのですか……ご、誤解とも言い切れないですが、誤解ですよね？　そもそも1対1じゃなくキヌエとネルネも一緒でしたし、マスターのガーゴイルも居ましたし」

「肝心なのは、アイディの主観かな」

「そうね。アイディって思い込んだら一途なところあるし」

あとサモン系モンスターは一騎打ちにおいてただの障害物扱いらしい。

「……でも、気に入られているなら殺されることはないんですね？」

「いや、殺されることには変わりないだろうな、魔国民だし」

「そうね。魔国だもの」

「ひぃっ!?　やっぱり嫌われてるんじゃないですか!?」

涙目になるレイ。気持ちはわかる。

「魔国では、殺し合いも愛情表現の一つなんだよ……そうじゃない殺し合いもあるけど、愛が高じると殺し合いになるそうだ」

「なにそれ歪(ゆが)み過ぎです!?」

うん、俺もそう思うけど、あっちではそれが常識なんだ。文化の違いだね。

「まぁレイ相手の場合は愛情表現なわけだから、シチュエーションには拘(こだわ)るはずだ。殺すなら闘技場での決闘になるだろうな」

「ひぃぃ……というか、私そんな強くないどころか攻撃力0の最弱幹部なのに……あ、そのことを言ったらアイディ様も私のことを好きじゃなくなるのでは？」

「レイの真価は戦闘力以外にあるからな？　そう卑下するな。でも実態についてはダンジョンの機密だから誤解させたままの方がいいかな……」

「お、仰せのままに……」

レイは項垂(うなだ)れつつも了承した。

「あとたぶん打ち明けても無駄だ。確認すると言って結局決闘することになる」

「……なんか手遅れ感半端ないですね」

「大丈夫よ。私も弱いって理解してもらえたけど、まだたまに決闘誘われるもの」

ロクコ、それ大丈夫じゃないし止めだから。


「せ、せめて……万一に備えて、闘技場エリアの前に時間稼ぎになるようなモノをつけてください……そして私が連れ込まれたら助けてくださいお願いします……」

「お、おう」

レイの切実な訴えに、優しいマスターの俺は応えてあげることにした。


「というわけで、謎解き部屋を追加してみた」

俺はロクコとレイを連れて完成した時間稼ぎを見せることにした。

「解答が不正解の場合、ペナルティはないが24時間後に再チャレンジ可能という形にしてある。強いて言えば解答できなくなるのがペナルティだな」

クールタイムについては『強欲の宿屋』の時に作った長時間用砂時計を用意して、解答されたら自動でひっくり返す形で実装した。

「これなら時間稼ぎにはもってこいだろ?」

「ありがとうございますマスター！」

勢いよく頭を下げるレイ。そこまで喜ばれると頑張った甲斐があるな。

「でも、問題がすぐ解かれちゃったら意味がないわ。どんな問題にしたの？」

「ああ。こんな問題を用意した」

ロクコに促され、俺は用意した問題文を読み上げる。

「『ダンジョンで、凶悪なトラップがありました。そのトラップにかかると確実に死亡します。トラップを越えないとお宝をとることができません。しかしある冒険者は、トラップにかかりつつもトラップを越えてお宝を入手できました。さて、冒険者はどうやってトラップを越え、お宝を手に入れたでしょうか？』」

「……？　トラップにかかると確実に死ぬのよね？」

ロクコとレイはくてりと首を傾げた。

「そうだな。死ぬな」

「はいマスター！　命と引き換えにお宝を手に入れたのではありませんか？」

「はい、これで1日時間が稼げる」

勢いよく挙手していたレイの手がしょぼんと下がる。

「とはいえ、実はレイの解答も不正解だったわけじゃないんだ」

「え？」

本来1回こっきりの問題だが、同じ問題文で違う答えにするというのが可能というのがこの出題形式の特徴だ。最初の解答は強制的に不正解にし、違う正解にすることで1日は確実に時間を稼げる。この手の問題では反則に近い処置だけど、ゴーレムで操作してるからこそズルすることも可能だ。

「へぇ、さすがケーマ。でもそれ単に1日待たないと開かない扉、でも良かったんじゃないの?」

「……そうしちゃうと、ほら、俺が冒険者として日帰りでボス部屋まで行けなくなるし」

「ふぅん」

「さすがマスター、そういう点も考慮されているのですね!」

咄嗟(とっさ)の言い訳に、見抜いている顔のロクコと純粋に感心してくれるレイ。いたたまれなくなり俺はそっと顔をそらした。

「それで、この問題の正解は?」

「当ててみな? 特別にクールタイムはなしにしておこう、正解者には何かご褒美だ」

キランとロクコの目が光る。

「レイの解答が不正解なら……つまり命と引き換えではなかったということよね」

「そう言う感じだ」

扉が開けば正しくて、そうでなければ間違いってことをヒントに絞り込む。地球においては『ウミガメのスープ』と呼ばれる水平思考ゲームに近いな。

オーバーラップ文庫&ノベルス NEWS
──今日が主役(おれ)の、始まりの日だ
文庫注目作
黒鳶の聖者1
～追放された回復術士は、有り余る魔力で闇魔法を極める～
著：まさみティー　イラスト：イコモチ
太宰治──勇者、薬物耐性LV99、川端康成特攻LV99
ノベルス注目作
太宰治、異世界転生して勇者になる
～チートの多い生涯を送って来ました～
著：高橋 弘　イラスト：VM500
2011 B/N

オーバーラップ11月の新刊情報

発売日 2020年11月25日

オーバーラップ文庫

黒鳶の聖者1 ～追放された回復術士は、有り余る魔力で闇魔法を極める～	著:まさみティー イラスト:イコモチ
ブレイドスキル・オンライン1 ～ゴミ職業で最弱武器でクソステータスの俺、いつのまにか『ラスボス』に成り上がります!～	著:馬路まんじ イラスト:霜降(Laplacian)
Sランク冒険者である俺の娘たちは重度のファザコンでした2	著:友橋かめつ イラスト:希望つばめ
底辺領主の勘違い英雄譚2 ～平民に優しくしてたら、いつの間にか国と戦争になっていた件～	著:馬路まんじ イラスト:ファルまろ
本能寺から始める信長との天下統一4	著:常陸之介寛浩 イラスト:茨乃
ハズレ枠の【状態異常スキル】で最強になった俺がすべてを蹂躙するまで6	著:篠崎 芳 イラスト:KWKM
絶対に働きたくないダンジョンマスターが惰眠をむさぼるまで14	著:鬼影スパナ イラスト:よう太

オーバーラップノベルス

太宰治、異世界転生して勇者になる ～チートの多い生涯を送って来ました～	著:高橋 弘 イラスト:VM500
俺の前世の知識で底辺職テイマーが上級職になってしまいそうな件2	著:可換 環 イラスト:カット
異世界で土地を買って農場を作ろう8	著:岡沢六十四 イラスト:村上ゆいち
望まぬ不死の冒険者8	著:丘野 優 イラスト:じゃいあん

オーバーラップノベルス*f*

聖女のはずが、どうやら乗っ取られました2	著:吉高 花 イラスト:縞
断罪された悪役令嬢は続編の悪役令嬢に生まれ変わる2 ～無自覚な愛され系は今度こそ破滅を回避します～	著:麻希くるみ イラスト:保志あかり

最新情報はTwitter＆LINE公式アカウントをCHECK!

@OVL_BUNKO　LINE オーバーラップで検索

2011 B/N

「……あっ、『冒険者は【クリエイトゴーレム】でゴーレムを使ってトラップを処理し、その先のお宝を回収した』っていうのはどうかしら」

ロクコのその発言を受けて、扉はゴゴゴゴと開いた。一発かよ。

「素晴らしいですロクコ様！　確かにトラップにかかったのが冒険者とは言ってませんでしたもんね！」

「ああ、カンニングを疑いたくなるほど完璧だよ」

「うふふん、お生憎様。ケーマだったらどうするかを考えただけよ」

むむ、単に思考を読み切られただけか。やるようになったな、ロクコ。俺はご褒美にメロンパンを出そうとメニューを開き——

「待ってケーマ。メロンパン以外でお願いがあるんだけど」

「ん？　なんだ？　俺にできることなら良いけど」

ロクコに止められ、俺はメニュー操作を止める。

「サキュマちゃん見せて」

「…………」

「サキュマちゃん見せて？」

ニコニコと笑顔でそう言うロクコ。

「なんなら例のサキュマちゃんで一晩私の抱き枕になってもらうなんてどうかしら」

おいなんだその拷問は。殺す気か。それともハクさんに殺させる気か。

「俺にもできることとできないことがあるんだけど？」

「１ＤＰ（ダンジョンポイント）もかからないし余裕で実行可能な範囲でしょ？」

確かにそうだけどさぁ!?

「そもそもメロンパンなんてケーマに頼まなくても自分で出し放題なのよ。ご褒美って言うくらいなら、そのくらいしてくれてもいいじゃない。サキュマちゃん堪能させて？」

「おい、こっそり要求を上げるな」

「早く認めないと更に上げるわよ」

「……分かった。じゃああとでな、あとで」

俺がそう言うとレイが自分も見たいと言わんばかりにぢーっと無言で訴えてくるが、正解者はロクコだけだから駄目だぞ。

「なら、今日の夜ね。私の部屋で待ってるわ……ふふふ、大丈夫。２人きりで私だけが見るんだから。そんな恥ずかしがらなくていいからね？」

にまにま笑うロクコにそれ以上何も言えず、俺は降参の意を込めて両手を挙げた。

とにもかくにもその日の晩。俺は指輪サキュバスのコサキを手に着けて、ロクコの部屋へ呼び出された。まぁ気合入れて乗り切るしかない。部屋に入ると、興奮気味で鼻息の荒いロクコが俺を出迎えてくれた。

「待ってたわよケーマ！　ささ、早速見せてもらいましょうかサキュバスのケーマを！」

「よしちょっと待とうか。見ての通り一応準備はしてきたが、ロクコ。お前の準備はできてるのか？」

「……私の準備？　何か要るっけ？」

こてん、と首を傾げるロクコ。

「ミカンとこのダンジョンバトルでもらった強心のブレスレット。あれ着けとけ」

「なんで？」

「俺がサキュバスになったら魅了効果がヤバいからな。耐魅了装備は必須だ」

「むしろケーマに魅了されるなら本望なんだけど？」

そう言いつつ期待を抑えきれない様子で服のすそを引っ張り布団に誘うロクコ。抱き枕もしなきゃダメですかそうですか。

「……ニクがサキュバス化した時に周りが見えず突っ込んでったのを忘れたか。しかもニク自体も俺の姿に見えてたんだろ？　つまり、サキュバス化した俺の本当の姿を見れなくなるぞ。いいのか？」

「……それは悩ましい。分かったわ、ブレスレットは着けておきましょ」

俺はホッと息を吐いた。『父』の作った超強力な精神耐性ブレスレットであればサキュバスの魅了を問題なく防げるだろう。これがなかったら俺がロクコにひん剝かれて襲われて、ハグの延長と言い張れない事態になって結果的にハクさんに殺される。

ロクコが腕に銀色のブレスレットを着けたのをしっかり確認し、俺は覚悟を決めてサキュバスを憑依させる。

「コサキ、許可する。俺に憑依しろ」

『了解っす！　憑依、GOサキュマちゃーん！』

コサキがノリノリでエフェクトを出す。まるで魔法少女な変身はイッテツ相手に変身したときぶりだ。もうヤケだよコンチクショウ。

「魅了少女サキュマちゃん参上ッ！　貴方の心を狙い撃ちだゾ☆」

身体と口が勝手に動き、イッテツをも沈黙させた決めポーズをとった。銃をイメージしたハンドサインと共に『ばっきゅん』とロクコにウィンクを飛ばす。

「……ッ！」

神クラスの耐魅了装備をしてなおロクコは言葉を失った。俺の姿を目に焼き付けようと言わんばかりに目を見開いている。

「……な、なんか言ってくれ。逆に恥ずかしい」

「えと、そうね！　凄く、凄く可愛いわ……いい匂いするし」

おい、本当に耐魅了効いてる？　と疑いたくなる反応だ。まぁ効いていなかったら既に抱き着かれて耳をしゃぶられていただろうから効いてはいるのだろう。

「うーん、本当に女の子みたいになるのね？」

「ブレスレット外すなよ？　いいな、絶対だぞ？」

「分かってるわよ。触って良い？　あと味も見たいわ」

そういうロクコの目は瞳孔が開いて鼻息も荒くなっていた。おい、本当にお父様のブレスレット効いてるよね？

「何を言ってるんだお前は。もう解除するぞ？」

「待って！　お願い待って！　冗談よ冗談！」

はぁ、微妙に慣れてしまったサキュマちゃんだが、こうして改めてまじまじ見られるとやっぱり恥ずかしい。そして妙に鼻息の荒いロクコに、ペタペタと触られたり脇から服の中に手を突っ込まれたり、うなじの匂いをかがれたりするのはやっぱり恥ずかし……っておおい!?　何してるのロクコ!?

「実はブレスレット効いてないだろ!?　おい！」

「いいえケーマ。ブレスレットは効いてるわ、間違いなくね。……けれど、それ以上に私がケーマの全てを堪能したいのよ！　文句は認めない！　だってケーマがやってくれるって言ったんだから、自分の言葉には責任をもって大人しく堪能させなさい」

「いや、見せるだけって話じゃ」

「あの時点で要求はもう上がってたのに了承したのがケーマよ！っていうかなにこの良い

匂い、どこから出てるの？　首筋？　胸？……腋かしら？」

ふんふんと犬のように鼻を鳴らすロクコ。そういうのはニクがするもんだと思ってた。

「というか肌がすべすべでこれ永久に触っていられちゃうんだけど……ほんのり火照った肌が吸い付いてヤバいわこれ。あ、衣装はその背中丸出しのセーターだけなの？」

『あ、変えられますよー、リクエストあります？』

「おいコサキ、何を勝手に！」

「前にアイドル衣装着てたってイチゴが言ってたわ。まずはそれね」

『あいさー！』

「おいぃぃいい!?　まずは、って他の衣装にも着替えさせる気満々だな!?」

と、服が一瞬光ってウサギダンジョンで着てたアイドル服になる。

「よし！」

「何がよしだ!?」

「スカートの中どうなってるのかしら。お邪魔するわよ」

「やめんか！」

俺はスカートに潜ろうとしていたロクコをチョップして止めた。

「……一瞬だけ見えたけど黒だったわ！　やっぱり黒が好きなのね!?」

「何を言ってるんだお前は。おいコサキ、服戻せ」

『まぁまぁマスター。ここはロクコ様の欲望を満たそうじゃありませんか！　これはマスターの利にもなることですよ？』

　む？　と俺はコサキの言葉に耳を傾ける。

『耐魅了装備って、あくまで【魅了】に対する防具なわけなんですよ』

「うん」

『これって【魅了】による好感度の上昇と、支配されるのを防ぐ効果なんですね。心を平静に保つ効果は見たところそのブレスレットにはありません。というか、本来の心を強くする効果があるんじゃないかなとアイテム名から推測する次第です』

「うん……うん？」

『あと、サキュマちゃんの匂い嗅いだり触れたりしたときに気持ちよく感じるの自体も防げません。そして、先程からロクコ様ってばサキュマちゃんにぺたぺた触り放題ですよね。この意味が分かりますか？』

　……つまり、ロクコは支配されずに好き勝手行動するがゆえにサキュマちゃんに触り、その結果『気持ちいい、もっと触りたい』と思って、その心が『強心のブレスレット』によって強化され、さらにがっつり触ってきて、そもそもサキュマちゃんへの好感度は最初から高くて【魅了】するまでもない……

「おいそれって普通に【魅了】するよりタチが悪いんじゃないか!?」

『だから今のうちに満たしておかないと変身解除後に押し倒されると思いますけど、いいんすか？　まぁ、マスターがそれでいいなら止めませんけど』

おうふ……まったくこれだからサキュマちゃんに変身するのは嫌なんだ……

「分かった、妥協する。……あと1度だけ衣装チェンジを認めよう」

「むっ！　悩ましいわね……ん、んんん……」

少し考え、ロクコは決めた。

「じゃああえて、いつものケーマのジャージで！」

『あいさー！』

と、服が一瞬光って俺がいつも着ているジャージになる。丈あまりだが。まぁこれならサキュマちゃんのデフォルト服よりも良いか、と一息つく。……よく考えたらデフォルトの服よりひどい服ってのもそうそうない気もするけど。俺はぽりぽりと頬を掻いた。

「ぶかぶか！　ぶかぶかで可愛いわ！」

『あざと可愛いっすよマスター！』

「お、おう？……そんなに可愛いか？　いつものジャージだろ」

俺からしてみれば、はしゃぐロクコの方が可愛いように思えるんだけど。

「んふふ、ケーマもサキュマちゃんのジャージ姿見たいの？　超可愛いわよ。見ないのはもったいなさすぎて人生の損失だと思うわ」

「……そうか？　なんかそこまで言われると気になってきた」

「鏡見る？　はい」

「ああ。ありがと——」

と、ロクコが手鏡を取り出したのを受け取り、そこに映る自分（サキュマちゃん）と目が合った。そこに映っていたのは、すらっとした輪郭と可愛い鼻、自然な赤みが差す頬。ツヤツヤの唇、ぱっちりした長いまつ毛。そして、とろんと眠くなるような、サキュバスの赤い瞳——

——朝だ。

おかしい、記憶が飛んでいる。酒を飲んだわけでもないのにどういうことだ。

いつの間にか知らんが、サキュバス化は解けていて、『神の掛布団』と『神の毛布』に包まれていて、ついでにロクコに抱き枕されていた。おう。本当に何があった。鏡の中の美少女……いや美少年？　サキュマちゃんと目が合ったところまでは覚えてるんだが。

指輪サキュバスのコサキに尋ねてみたが、『何もありませんでしたよ、何もなかったから記憶もない、それでいいじゃないですか』とのことだった。ロクコも「あ、うん」と言っていた。

「……いやまて、本当に何があった？　正直に話しなさい」

「…………」

「ロクコ」

「…………ひ、ひみつ」

秘密なら仕方ないなー……と思いつつ、顔を赤らめるロクコになんかこれ以上聞かない方がいい気がしたので、俺はこの件について全力で見なかったことにすることに決めた。

あとレイに「昨晩はお楽しみでしたね」とか言われたのでデコピンしておいた。

＊　＊　＊

そんなこんなでアイディがゴレーヌ村に来てから数日が経過した。アイディは元気に村で過ごしている。宿屋裏の広場にてニク達と模擬戦をするのが日課のようだった。

「ふふふ。子犬、中々良いわ。もっと愉しませなさい」

「くっ……やり、ますね……ッ、これでッ」

「甘いわ」

見に行くと、どうやらニクとアイディで模擬戦をしていたようだ。先にイチカとも模擬戦をしていたのか、汗だくの疲れた様子でイチカが座り込んでいた。その隣に座る。

「イチカ、お疲れ」

「おう、ご主人様……ちょいまち今汗臭いからそんな近く座らんで、じょ、【浄化】っと……よし。で、何しに来たん？」

「そんな気にする程だったか？　まぁ、大事なお客様の様子を見にな……というかこれ」

……ニクとアイディの模擬戦を見物するのだが……そろそろ人間の目で追うには内容が

激し過ぎるのでは？　という域に達しつつある。あれだ、ニク、人間やめてるのでは？　これ絶対布の服ゴーレムだけの力じゃないっていうか、あからさまに布の服ゴーレムの性能を上回っているっていうか……まぁそれに余裕をもって相対しているアイディもアイディでヤバい気がする。これ勇者とも戦えるくらいに強いんだろうな……実際ワタルとも模擬戦してたもの。

「なぁご主人様」

「ん？　どうしたイチカ」

「魔国から帰ってきてから更にニク先輩強ぅなってな、ウチじゃもうニク先輩の相手にならないんやけど。今後先輩の訓練相手どないすればいいと思う？」

「……いや、普通の獣人がどんなもんか知らんのだけど、やっぱり異常なのかな」

「この歳（とし）でこれだけ動けるのは異常やな……」

この歳じゃなかったら鍛えたら動けるもんなのだろうか？　獣人ってすごい。

「あ、スマン。この歳じゃなくても普通はこない動けへんで」

「マジか」

「イサムとかが普通の獣人の範疇（はんちゅう）やな。……アレだとニク先輩には余裕で負けるやろ？」

イチカの元パーティーメンバーの狼（おおかみ）獣人か。確かに。

そのうち「わたしより強い人（ヤツ）に会いに行く」とか言って出奔してしまいそうな勢いで強くなってるよなぁ、ニク。一体何がニクをそう強さに駆り立てているのか。うーん。シドやマイオドールにニクの訓練相手を探してもらうのもアリかな。あいつら貴族だからそういう伝手もありそうだし。

「ちなみにご主人様。ひとついいこと教えたるけど」

「ん？　なんだ？」

ちょいちょい、とイチカが手招きするので耳を近づける。

「……アレ、ゴーレムアシスト使ってないらしいで」

「えっ」

どういうことなの。あのびゅんって動き、素で動いてるの？　残像が見えそうなくらい緩急が激しい、俺の目からすると突然消えるようにすら見えるあの動きが。

「パワーはアシストあった方が出せるけど、スピードは自前の方が速いんやて」

「……なんかこう、凄いよねニク」

「そうやな、先輩凄いな」

どこまで強くなるんだろうか。下手な勇者相手だと勝てるんじゃないかこれ。勇者スキルなしならスズキくらいは余裕だろう。

可能性の獣とはまさにニクのような存在を指すのだろうな、と思いつつ、なんでニクみたいな凄いのが俺の奴隷になってるんだろうな、とぼやいた。……あれだな。ロクコの強運に引き寄せられたんだろうな。うん、納得。

「ほらほら、此の程度？　もっと足掻きなさい」

「む、ぅっ」

木剣による鋭い突きがニクを襲う。紙一重でそれを躱しつつ、反撃に木ナイフを振るうも、アイディには木剣でガードされる。アイディの動きも見えない。俺も50番コアのところで少しは強くなったと思ったんだが、勘違いだったようだな。

「大分、呼吸を止められるようになったわね、子犬」

「おかげさまで……ッ」

「その調子でニンゲンを卒業すれば、もっと強く成れるわ」

卒業して何になるというのだろう。吸血鬼とか？　うりぃー。


しばらく見ていると、模擬戦としては一通りカタがついたようで。アイディが俺を見てにこっと笑いかけてきた。

「ようこそ、村長も決闘に来たの？　丁度良いわ。レドラ様との模擬戦前にもう少し準備運動したいと思っていたのよ」

「いや、俺はお客様の様子を見に来ただけさ」

「あらそう」

ニクはタオルで汗を拭いているが、アイディはこれっぽっちも汗をかいていない。人化していても生態が違うということか、汗をかくまでもなかったか。

「そういえば、村長は子犬の首輪を外させないのね」

不意にアイディがそんなことを言った。

「ん？　奴隷の首輪って外すもんじゃないだろ」

「そうなの？　魔国では使わなくていい時は外すこともあるわ。ましてやセバスとかの場合、私のマスターだもの。見栄えが良くないじゃない？」

「……そういうもんなのか？」

思い返すとセバスが首輪をつけていない時もあったような気もする。

「ええ、首が蒸れたりしないのかしら」

ニクを見るが、首輪の内側はタオルでは拭けなそうで、首のあたりに【浄化】をかけて済ませていた。

「なんか、勝手に外したら死ぬって言ってたけど」

「外そうとしたら首輪が締まって死ぬことはあり得るわね。けど、首輪が破損して外れて死ぬのは不合理よ？　単に弱点が増えるだけだもの」

そういえば、俺も魔国でホイホイ簡単に首輪が外れてたけど別に死ななかったっけ。

……となると？

「ニクには特別な奴隷契約がされている……？」

「単に首輪を外すなって命令されてただけやろ。奴隷は命令に服従する契約魔法かけられるからな」

「ああ」「成程」

イチカのツッコミに納得する俺とアイディ。

「ウチらはご主人様が外せと言わん限り首輪は外さんよ？　ご主人様の所有物やし。魔国はともかく、帝国じゃ外さんモンやしな」

「そう。子犬達がそれで良いなら、それで良いわ」

アイディはそう言って【収納】からチョココロネを取り出し、齧った。

「【ウォーター】」

普通には聞こえないほど小さく呪文を呟いて、口の渇きを癒すアイディ。

「そういえばこれもなんだけど、こちらでは無音詠唱もないみたいで、雑魚冒険者にいちいち驚かれたわね。帝国はどれだけ戦闘技術が遅れているのかしら」

「……言われてみれば、なんかあっちでは下級魔法は生活魔法ってレベルで普通に使ってたな。思い返せば、魔法スキルのスクロールがかなり出回ってたし」

というか実際いくつかの下級魔法は生活魔法だと言われるレベルだったし。

「あら。ニンゲンが魔物と同条件で決闘するために魔法くらいは必須でしょう？　魔国ではどこも多く出してるわ」

魔国では魔物の住人が多く、そいつらは無詠唱で魔法と同程度のスキルを発動したりもする。それと渡り合うために戦闘技術が発展したのだろう。しかも魔法スキルを使える人間が多いならその分試行錯誤も多くされるだろうし。一方帝国はモンスター相手にしかしないので連携をとるため分かり易い方が良く、詠唱がそのままなのでは？

俺はそんな考察をアイディに話してみた。

「へぇ。そういうことだったのね」

「推測だけどな。これも文化の違いってやつだろ」

「文化、ねぇ。……留学、ただ旅行するだけかと思ってたけれど、学ぶことが多いわ。まさか帝国に来て魔国のことを知るとは思わなかったけれど」

アイディはしみじみと呟く。ただの戦闘狂に見えて、存外に真面目な奴……というか、意外とアイディは博識だ。錬金術も知っているし。

「そういえば、村長は異世界人なのよね。折角だし、其方の文化も知りたいわ」

「ん？……あー、じゃあ礼儀作法の本でも用意するよ。ロクコに読んでもらえ」

「ええ、有難う」

日本語を訳すのも面倒なので、ここはロクコに丸投げすることにした。

ちなみにレドラとの模擬戦では盛大に負けたらしい。恐るべしレドラ。でもイグニとは良い感じに渡り合えたとのこと。火属性同士、とても楽しかったそうな。

……ニクの訓練相手にイグニを借りるのもアリだな。報酬はゴーレム焼きで。

◆閑話　アイディのパン占い

「コロネは良いわね」

「メロンパンも良いわよ」

その日、アイディとロクコは食堂でモグモグとパンを食べていた。最近のゴレーヌ村ではこの2人が揃って（そろって）パンを食べているのも珍しくもない光景だ。ロクコはオーナー、アイディは魔国出身のお客様として認知されている。ロクコはケーマの良い人として、アイディはこの村最強の戦力とニクを軽くあしらう実力の持ち主ということでどちらも一目置かれる存在であった。


「……私が思うに、好きなパンには性格が出るのよ」

ぽつりと、チョココロネを齧りつつアイディが呟いた。

「ほほう……続けて」

ロクコはそれを受け、適当に話を転がす。

「例えば、私のコロネ。これは攻撃的な性格ね。万難を排し突き進む形よ」

「私のメロンパンは？」

「その盾みたいな表皮。防御的な性格が出てるじゃないの」

「なるほど、一理あるわ」

一理あるというかなんというか、ただ「一理ある」と言いたかっただけなのかもしれないがロクコはそう答えた。ちなみにロクコの腰の剣は飾りなので、アイディにかかれば紙のような防御力しかないことは既にお互いの共通認識だった。ただし、ロクコの真価はダンジョンバトルにあると視(み)ているアイディはロクコを侮ることはしない。

実際、ロクコには魔国にはない「後方から指示を飛ばす指揮官」の才能が有るとアイディは認識していた。そして、それゆえに手前に防御に足る兵力を配置するだろうということも。……それを考えれば、まぁ、間違いではないだろう。こじつけに近いが。

「パン診断……いえ、パン占い的な感じかしら？　他のも聞いてみたいわね」

「あらそう？　それじゃあ――」

キョロリと食堂を見回すと、ウェイトレスをしているニクが目に入った。ちょい、と手招きして呼び寄せると、ぴょこぴょこ走ってくる。

「ちょっと子犬。貴女(あなた)は何が好き？」

「……？」

唐突な質問に首を傾げるニク。

「あ、パンの話よ。アイディ、ちゃんと内容を言いなさい」

「む……面倒ね。では改めて問うわ。子犬。貴女は何のパンが好き？」

ロクコの補足及び言い直したアイディの質問に、ニクは何故それを今聞くのだろうかと少しだけ考えつつも、すぐに答えた。

「……ハンバーガー、です」

「ふむ」

「アイディ先生、これはどういう性格ですか？」

「待ちなさいロクコ。今考えてるわ」

と、少しだけ時間を取り、アイディは答えを導く。ハンバーガー、あれは確か肉を挟んだパンだ。ということは――

「……肉食系ね！　犬だし」

「なるほど！」

「案外、飼い慣らされた子犬かと思っていたら、野生の獣かもしれないわ」

「やるわねニク！」

「？　はい……？」

ふっ、と鼻で小さく笑い、褒めるアイディ。ニクはなぜ褒められたのか分からず、頷きつつも再び首を傾げた。

「よし、次に往くわよロクコ」

「はーい」

そう言って次の犠牲者――もとい、次の獲物を求めてロクコとアイディは食堂を後にした。

2人はオフトン教教会に来てみた。理由は特にない。

とりあえずここにはシスターのサキュバスなりオフトン教の聖女とされているレイが居るはず——と、聖女の方を見つけた。早速好きなパンを聞いてみる。

「ひぇっ、また来たんですかアイディ様……え、好きなパンですか？　好きな食べ物だったら血なんですが」

早くも例外——好きなパンが特にないパターン——がやってきた。ちっ、空気の読めない奴め。といってもシスターのサキュバスに聞き直したところでもっとダメな答えしか返ってきそうにない……場所の選択を誤ったか。

「まぁ吸血鬼(レイ)だものね。どうするのアイディ？　この際好きな食べ物でよくない？」

「否(いいえ)。パンに拘(こだわ)るわよロクコ。というわけで捻(ひね)り出しなさいレイ」

「えぇぇいつも以上の無茶振り……あ、じゃあジャムパンですかね。イチゴジャムとか。赤いですし」

「ジャムパン……ふむ」

そしてアイディは答える。

「視得(みえ)たわ。レイ、貴女は愚直ね」

「ぐ、愚直ですか」

その判定を聞いて、ふむふむとロクコは頷く。

「なるほど、的を射てるわ。でもなんでジャムパンだと愚直なの？」

「血と同じ赤だからとかいう単純な理由だからに決まってるでしょう？　可愛いけれど」

それもうパン関係ないんじゃ、とレイは思ったが言葉を飲み込んだ。主のお客様なので。文句があるならブラッドソーセージのホットドッグとでも言えばよかったのだろうが、それはそれで「安直」とか言われそうである。

「ところで随分レイと親しそうじゃないのアイディってば」

「ええ。お気に入りなのよ。レイのこと私に寄越す気はない？」

「ダメよ。ウチのダンジョンの幹部なんだから」

とりあえず笑顔でやり過ごすレイだったが、十分満足したのか次の獲物を探しに2人は教会を出て行った。


「好きなパンですか？　んー、ウグイス餡のアンパンでしょうか」

次の回答は存外まともだった。質問先は宿で洗濯物を干していたシルキーズの1人。全員見た目がほぼ同じなので見分けがつかないが、多分ハンナだろう。

「まさか緑だから？」

「いえ、キヌエ姉さまの色だからです」

理由を聞いてみたらそんな回答が返ってきた。ちなみにシルキーズはキヌエのことを姉と呼んだり呼んだりメイド長と呼んだり隊長と呼んだり、気分次第で呼び方が変わる。今回は姉という気分だったようだ。

「やっぱり緑だからじゃないの」

「単に緑だからというのとキヌエ姉さまの色だからというのでは天と地ほどの差があると思います。ロクコ様も『黒いから』というのと『ケーマ様の色だから』というのとだと違いませんか？」

「一理ある。ＯＫ、言い分を認めましょう。で、アイディ。判定は？」

ハンナの主張を認め、アイディにバトンを渡すロクコ。果たして回答は――

「私、ウグイス餡のアンパンというのを食べてないのだけど」

――アイディが食べたことのないパンであった。

「抹茶クリームとは違うのよね？」

「ええ。ちょっとまって……これよ」

ロクコがＤ　Ｐで出してアイディに渡す。割ってみれば、確かにアンパンのように餡が入っており、その色は若草のような緑。……一口食べてみるが、良く分からない。

「ふむ。……まぁ、独特の拘りが有るということで良いのではないかしら？」

「なんか適当ですね？」

「いいのよそれで。本業ではないのだし」

ロクコも半ば投げやりだった。そろそろこの遊びに飽きてきたのかもしれない。

ついでに再び食堂に戻ってキヌエにも聞いてみる。ハンナを連れて。

「え？　私の好きなパンですか……ワッフルですね」

「当のキヌエはこんなこと言ってるわよ」

「ま、まぁキヌエ姉さまの色がそれで変わるわけじゃないですし」

それもそうね、とロクコはキヌエに何故ワッフルなのかを聞いてみる。ワッフルはアイディも食べたことがあった。柵みたいな格子のヤツである。

「で、なんでワッフルなの？」

「凸凹が多くて掃除しがいがありそうじゃないですか」

掃除好きのキヌエらしい意見であった。

「独特の拘りが有るということで」

「さっきもそれだったわよ？」

「占いなんて所詮いい加減なものよ。寧ろいい加減だからこそ占いは成立するのだから」

「一理あるということにしときましょうか」

というわけで、そろそろこの遊びにも飽きてきたので切り上げることに――

「なーロクコ様。アイディ様。パン占い、ウチは？　ウチ、カレーパン好きなんやけど！」

――どこで聞きつけたのか非番だったはずのイチカが顔を出してきた。

「あらイチカ。もう終わった所なんだけど」

「えー！」

残念そうに叫ぶイチカに、ふふ、とアイディが笑う。

「仕方ないわね……視てあげるわ。で、カレーパンというのは……」

「これよ。レドラが好きなヤツはこれの物凄い辛いヤツ。見せたわよね？」

ハンナの時と同じくカレーパンを出し、アイディに渡すロクコ。

「……ふむ。これは辛いわね？」

「そうね、カレーだもの」

「じゃあ……カレー好きね」

「雑ぅ！」

こうして、なんか飽きたのでアイディのパン占いはしめやかに終わった。

　アイディが留学してきて、だいぶたったその日。

「暇だわ」

　ずい、っと俺の執務室にアイディが顔を出して言った。

「暇だわ」

「……ロクコと遊んできたらいいんじゃないか？」

「端的に言って、いくら私とロクコの仲でもこれほど長く共に過ごせば話題も尽きるというものよ。レイも心なしか私のことを避けている気がするわ」

　うん、そういえばレイから相談があったな。アイディが仕事中ずっと獲物を見る目で見てきて落ち着かないって。レイも随分気に居られたもんだ。

「そして単純に正気を疑う問いなのだけれど、この3週間、村を一切魔物が襲ってこないとかどういうことかしら？」

「いや……魔国じゃないから。むしろ誇らしいね」

　魔国みたいな修羅の国と一緒にしないで欲しい。

「ニクやレドラ、ミーシャと模擬戦とかは？」

「子犬は私を楽しませるにはまだまだ不足ね。レドラ様へも敗者の都合でお強請(ねだ)り等、図々しいにも程がある。ミーシャには遁走されたわ……悔しいことに、あの足には追い付けないのよ」

ふむ、なるほど。つまり……

「この暇を何とかなさい、村長」

まぁアイディの面倒を見ると言ってしまったもんな。

「俺の仕事なのか……」

「……はぁ。まぁお飾りの村長として最低限の確認作業も終わったし、村の外にお出かけでもするか？」

「お出かけ。そうね、私が斬って良い者を探しに遠征ましょう！　できれば人を斬りたいわ？」

うーん、いちいち物騒だ。

「おいアイディ」

「皆まで言わずとも理解ってるわ。帝国では一般人を斬ってはいけない。私は学習したのよ村長。だから——切り捨てていい悪人を探して斬殺ましょう！」

うん、とても物騒なことを言い出したぞ。

「悪の蔓延る場所に心当たりはあるかしら？」

「えっ、うーん……ツィーアにあるスラム、とか？」

「では征くわよ、付いてきなさい。ツィーアの場所なら分かるわ」

　ずんずん歩き出すアイディ。

「え。おい、ちょっと！」

「付いてこれないなら置いていくわ。うふふ、独り占めしてしまうからね？」

　なんてこった。余程暇を持て余し、平和に病んでいたらしい。アイディの目は本気と書いてマジと読む類いのそれになっていた。間違いなく人斬りの顔だ。アカン。


　俺は途中すれ違ったニクを連れてアイディを追いかけツィーアまでやってきた。

「ふふふ、南門の方にスラムが存在るのよね？」

「い、言っとくが、はぁ、はぁ、悪人面の善人が居るかもしれないから人を見てもいきなり切りつけたりするんじゃないぞ……？」

　あと移動は徒歩なので少し休ませてくれ。ゴーレムアシスト使ってるとはいえ息切れが……ニクはどうして平気なの？　鍛えてるからか。

「斬れるなら多少は我慢するわ」

　とても良い笑みを浮かべるアイディ。

「……ご主人様。申し訳ありません、わたしがもっと強ければアイディ様にご満足いただけたのですが」

「いや、ニクは悪くないさ……」

世の中には平和に耐えられない人種もいる、主に魔国人。ただそれだけのことだ。というか魔国では平和の定義が違うのだろう。それもまた文化だ。

南門に着いた。南門を通るには検問が必須になったらしく、身分証明書の冒険者カードを提示するとビシッとキレのある敬礼をされた。Bランク冒険者だもんな、と思いつつ丁寧に対応され、通行料も結構だとのこと。……そんな以前とは違う整った雰囲気に俺は不安を感じながらも、スラムへ通じる南門を通る。

するとそこには見覚えのある薄汚いスラムが——なかった。いや、掘っ立て小屋はあったりしたが、しっかり道に沿って建て直され、道に面している店々には堂々と営業許可書が掲げられていた。

そこには秩序があった。死んだ目の人間が道端に座り込んでいるわけでもなく、チンピラが肩で風を切って歩くこともなく、兵士が住人と談笑して見回りをしていた。

アイディもその平穏な空気を感じ取ったらしい。不機嫌そうに目を細める。

「……ここに斬っても良い悪人が居るのかしら？」

「えーっと。俺の知るスラムとは大分様子が異なるようだ。どうなってるんだ？」

露店を開いている商人に話を聞いてみることにした。

「スラムの悪人？　あー、それなら領主様が一掃したよ。なんでも、とんでもなく腕の立つ冒険者に頼んだらしくて、スラムを支配していた『ラスコミュ』てぇ組織の奴らはみーんないなくなっちまった」

今じゃ、領主様のお墨付きで露店を開けるくらいに治安が良くなっているらしい。用心棒をしていた連中で残っていたものはツィーア領に徴用され、見習い兵士としてここを見回る仕事をしているほどらしい。

「それだと、その、横暴な兵士とかいるんじゃないか？」

「ハハハ！　ねぇな！　領主様にはお抱えの腕の立つ冒険者が居るんだぜ？　悪さしてみろ、翌日には『ラスコミュ』の連中みたくキラキラした目で自首することになるって脅されてんだ！　傑作だね！」

『ラスコミュ』の幹部達が自首するところを見ていた奴は非常に多く、この脅しは本当に行われるモノだと広まっているらしい。馬鹿な。そんなのただの脅しで出任せに決まっている！　俺が言うんだ間違いない！

「ご、ご主人様……」

「……」

ちらっとアイディを見る。ああ。眩しい笑顔ですね。けど殺気は抑えてください。

「話が違うじゃない村長？　私は、斬って良い悪を探すと言ったのよ？　それとも何かしら。その凄腕の冒険者を斬ればいいのかしら？」

「待てアイディ。これは何かの間違いだ。あと凄腕冒険者さんは悪くない。それが仕事だったんだ。な？」

「……そうね。見ず知らずの凄腕冒険者を恨むのは筋違いというものだわ」

ふぅ、と恨みを吐き出すようなため息をつくアイディ。

それを見かねた露店の店主が、アイディを慰めるために口を開いた。

「ああそうそう、確かなんでもその凄腕冒険者、ゴレーヌ村の村長だって話だよ。女好きだって話だし、嬢ちゃん美人さんだから会いに行ったら話くらいは聞けるかもな？」

オイ余計なことを言うな。あと女好きとかどういうことだ。え、村の宿と教会に美女を集めてるから？　ぐう！

「へぇ……そうなの」

ニィィ、とアイディは口を三日月のようにして笑う。

「あの。アイディさん？」

「分かったわ。大丈夫、村長のことを斬ったりなんてしないわ、ええ。私より先に悪人を排除してしまったただの善人ですもの。ああ苛々する。こんな所、ロクコには見せられないわね。どうしたらいいと思う、村長？」

うわぁん静かに怒ってらっしゃる！

「わ、分かった。一旦ツィーアの中に戻ろう」

「戻って、どうするの？」

「情報収集だ。そもそも俺達は魔国に行ってたし帰ってきてからは村から出てなかった。情報が古かったんだな。だから、ここは最新情報を仕入れてそれから動くのが一番効率よく悪人のもとへたどり着けるぞ！」

口から出るに任せて言い切ると、アイディは「……そう。道理ね」と怒りを少し抑え込んでくれた。よーし、ならば冒険者ギルドだ！　そう、悪人だけじゃなくて野良モンスターだって斬っていいんだよ俺達は冒険者なんだから！

「申し訳ありませんゴレーヌ様。今現在、ツィーアでは目立った討伐依頼がないですね」

「……そ、そうか」

冒険者ギルドにやってきた俺は、Bランク冒険者として現在ツィーアにある討伐依頼を根こそぎ開示してもらったのだが、常設依頼のゴブリンやウサギやらを除いたらせいぜいのダンジョンの依頼くらいしかなく。もちろんダンジョンバトルなどの理由もなく知り合いのダンジョンで狩りをするなどアイディはしない。

「なんでこんなに……少ないんです？」

「はい。最近の状況についてはゴレーヌ様のお力によるところが大きいかと」

情報開示を受け付けてくれたギルド役員さんの説明によると、ドラゴン騒動の際にやってきた冒険者達がまず目ぼしいところを片付けてしまった。その後そのままゴレーヌ村やツィーアに拠点を移してきた冒険者がさらに細かいところを狩っていった。

そして冒険者達が移住してきた理由については、ドラゴンが襲ってきても大丈夫だとか、（1人当たり）たった金貨2枚で救助してくれた聖人のような村長がいる、オフトン教がすごい、『欲望の洞窟』が結構良い、等々のゴレーヌ村に関わる理由ばかりだ。

「つまり……？」

「ゴレーヌ村、ひいてはゴレーヌ様のお力によるところが大きいです、ハイ」

おおっと、後ろから殺気が漂ってきたなぁ。

「村長？」

「ははは、だが情報収集という点では正解だ。ツィーアの周りを当てもなく彷徨うよりは良かった。だろ？」

「そうね。それで？　それで私は如何したらいいのかしら。ねぇ？　答えて？　答えてくれるわよね村長？　ねぇ、ねえ？」

圧。圧がすごい。殺気より圧がキツイ。殺気はハクさんで慣れてるからなぁ……

「なぁに、簡単な話だ。ミーカンでは討伐依頼があっただろ？」

「つまりミーカンに行くのね」

「いや反対側だ。ミーカンの目ぼしいところはアイディが片付けちまっただろ、だからパヴェーラに行く」

こちらならスラムがあったりするんじゃないだろうか。なにせパヴェーラは聖王国に近いらしいから、きっと俺の暗殺を企む悪の組織の拠点があってもおかしくない。……いや、むしろそうなのでは？　スラムすら綺麗になってしまったツィーアでは悪の組織が潜むのは難しいのだろう。潜むならパヴェーラ！　間違いない！

というか、暗殺者来いよ！　何で来ないの、ミーシャが完全に防衛しきってるの？　今ならアイディが熱烈歓迎してくれるというのにどうして来てくれないの？……うん、それでか。初日にニクを含む冒険者あしらいまくってたもんなアイディ。魔国の実力者が来て戦力充実している現状、俺だったら絶対襲撃を見送るってなもんよ。

というわけで、一旦ゴレーヌ村に戻る。さすがに乗合馬車で。パヴェーラに向かうにはこのルートが一番手っ取り早いし確実だ。

「……余り姑息な真似をするようでは困るわね。次に空振りしたら村長の腕の1本でも斬らせて貰うというのは如何？」

「アイディ様、おたわむれがすぎます」

「私は本気よ子犬。雑魚は黙っていなさい」

むぐ、と言葉に詰まるニク。いやニクが雑魚ならウチの村はほぼ全員、あ、はい、ザコでしたね。俺はザコザコ村の雑魚村長ですね。

「しかしアイディ、別に空振りはしていない。順調に絞り込んでるからな」

「はぁ……ゴレーヌ村には碌な壁がなかったから心の内で期待していたのよ？　魔国と同程度、せめて半数くらいは襲撃があるものだって。其れが何？　蓋を開けてみればゴブリンの襲撃すらない始末。何故これで平気なのかしら、魔国なら暴動が起きるわ」

うん、実際アイディが1人で暴動を起こしているようなもんだよね？


村で馬車を降りてさっさとパヴェーラに行こうとする俺達だったのだが、村の広場でロクコが俺達を見つけて駆け寄ってきた。

「アイディ、ケーマ。ニク連れてどこ行ってたのよ。もう、捜したじゃないの」

「あー、すまん。ちょっとアイディの接待をしてた」

俺がちらりと目線をやると、アイディは不満げな表情を隠さずふぅと小さくため息をついた。

「ええ。御免なさいねロクコ。私、少し我慢がきかなくてはち切れそうなの。もう少し村長を借りるわね？　詳しくは恥ずかしいから聞かないで欲しいわ」

そう言うアイディに、ロクコは少し驚いた後、何かを考え、警戒し、周囲の目を気にしつつ俺達に小声で尋ねる。

「……一応確認なんだけど、イヤらしいことしてたりしないわよね？」

断じてしてないからな？　見えてるか分からないけどニクも居るんだぞ。俺が呆れと共に頭を押さえると、アイディは小首を傾げた。

「ん……その。イヤらしいこと？　とは、如何いった事柄かしら」

「へ？　その、キスとか……ケーマなら、物陰に隠れて足のニオイ嗅ぐとか？」

「？　何故そんなことをするの？」

「す、好きだからよ？　ああ、魔国では違うの？」

　きょとんとするアイディに、ロクコは少し警戒を解く。というか足のニオイなんてそんな、いやまぁ、俺足フェチだからそういうのも吝かではないけどなんでロクコからそんな発想が出てくるんですかね？　どこで覚えた？

「そうね、これも文化の違いかしら。口付けや噛み合いはともかく、足のニオイはないわ。強いて言えば尻のニオイを嗅ぐという種族はあるけれど……私には無縁ね？」

「そう。なら良いわ」

「ところで、私を捜していたということは何か用事なのかしら？　魔物討伐や『火焔窟』からの模擬戦なら喜んで引き受けるわよ？」

「大した用事じゃないわ。むしろ逆に、レドラとイグニが暫く遊べなさそうだって話よ」

「……最悪ね」

　事情は分からないが、とりあえず命に別状があるとかいうわけではないらしい。しかしそれは、アイディのストレス発散先が明確に一つ消えたことを意味していた。

「之は猶更村長に頑張って貰わないといけなくなったわ」

「ケーマに何させる気よ？」

「私の玩具を用意してもらうだけよ。ツィーアには良いのが不在ったの」

憂い顔のアイディを見て、ロクコは「あぁ……なるほどそういうこと」と納得したようだ。

「それでパヴェーラに向かうところだったのね。ならニクじゃなくてイチカ連れてった方が良いんじゃない？　パヴェーラ出身なんでしょうイチカは。ニクよりはマシな案内ができるんじゃないかしら」

「ああ。それはアリだな……メイド仮面になるけど」

「私は構わないわ」

アイディには少し待ってもらってニクとイチカを交代。いつぞやかパヴェーラに行こうとした時同様に行くのを渋ったが、メイド仮面になるということとカレーパンで交渉を行い承諾させ、早速パヴェーラに出発した。


ツィーア山貫通トンネルを駆け足で抜けてドラーグ村に入ったところで、イチカ、もといメイド仮面が提案した。

「なぁご主人様。シド様に情報を聞いといた方がええんとちゃう？」

「ん？　あぁ、確かに」

というかツィーア行くときも先にマイオドールに話を聞いていたらわざわざツィーアに

足を運ぶ前にスラムが綺麗になってたり討伐依頼がなかったりすることを聞けて手間が省けた可能性が高い。急いで出発したから慌てすぎてたな。

「というわけで、いいかアイディ」

「構わないわ。調べる手間が省けるなら」

不機嫌そうではあるが、許可が出たところでドラーグ村の村長邸へと向かう。アポなしで突然の訪問だったが、すぐに対応してくれた。

いつもの応接間に通されシドと対面する。

「急にすまないなシド殿」

「いやいや気にしないでくれケーマ殿。俺達の仲じゃないか、で、そちらは？」

「ああ。前に話した魔国のお姫様、留学生のアイディだ」

一瞥し、ふんと鼻息を吐くアイディ。まさかそれで挨拶なのだろうか？　いや、単に不機嫌なだけだろう。下手に喋られると斬り捨てられる可能性があるので突っ込みは入れない。

「で、早速だが……御覧の通り、お姫様が不機嫌でな。パヴェーラに、いやなんならこの村でもいい。斬っていい悪人とか討伐予定のモンスターがいたりしないか？」

俺の質問に眉を顰めるシド。

「なんというか……いきなり物騒だな」

「すまん。言葉選びが不味かったな。今のはちょっと魔国っぽかった」

「魔国の流儀か……」

やはり魔国は恐ろしい所だなと、シドは一般的な帝国民らしい反応をした。

「武力が足りなくて困っているような案件に積極的に手を貸したい」

「ああ、言い直さなくても大丈夫だ。つまり、アイディ殿が合法的に暴れたいので相手を差し出せ、犯罪者相手でも構わない。そういう解釈で良いのか？」

「付け加えるなら手強い相手がいればなお良し、だな。ウチの村じゃ我慢できなくなったらしくてな……お姫様の安否は気にしなくていい、クロが勝てないくらいには強いから」

「おいおい、少なくともこの村にはケーマ殿やクロイヌ殿に敵うような手練れはいないぞ……とりあえず、そうだな。お姫様のお気に召すかは分からないが、パヴェーラにいる厄介な連中を紹介しよう」

パチン、と指を鳴らすとシドの後ろに控えていた執事が地図を持ってきた。

「パヴェーラの地図だ」

「随分と用意が良いな。いや、こちらは話が早くて助かるんだが」

「何、タイミングが良かっただけだ。こちらからすればケーマ殿の方が狙いすましてきたとしか思えないぞ……それで、治安の悪い地区はここあたりになる」

トントンとパヴェーラの町の、東側を指でたたくシド。

「まだ絞り込んでいる最中であったのだが、このあたりに『ブラッディクラーケン』という組織が潜んでいる。……この地区はパヴェーラの壁の外、スラムだな。税金を納めていないから俺の守るべき民でもない。派手に吹き飛ばして構わんぞ、聖王国との戦争時に壁となるので全て消されると困るが」

シドがそう言い切ると、アイディは口端をニィと持ち上げた。

「ふ、ふふふ……そこに、斬っていい玩具がいるのね？」

「あ、ああ。依存性のある毒や、効果の怪しい薬品を取り扱ったりもしているようでな、丁度対策を講じようとしていたところだったのだ」

アイディの凶器のような笑みに、引き気味のシド。

「犯行の規模から、恐らくパヴェーラの貴族が協力している」

「そう。つまり殺していいのね？」

「……情報を吐かせてからの方がいいのだが。背後関係をしっかり洗いたい」

「そう。つまり殺していいのね？」

「…………そうだな、構わないぞ」

「そう！　つまり殺していいのね！」

嬉しそうな、満面の笑みを浮かべるアイディ。なんというか、『ブラッディクラーケン』の奴らはご愁傷様としか言いようがないな。

「往くわよ村長！」

「あ、おい！　すまんなシド殿」

「気にしないでくれケーマ殿。参考までにこれを持って行って、道中に読むといい……それと、なるべく綺麗に片付けてくれることを願う」

地図の内容を覚えたのかアイディはさっさと外へ出ていこうとした。俺はシドからメモを受け取ると、イチカと共に追いかけるようにして応接室を後にした。

パヴェーラ行きの乗合馬車に揺られつつ、貰ったばかりのメモを確認する。

「ご主人様。シド様から何貰ったん？」

「ああ。具体的に『ブラッディクラーケン』の連中がどんな悪事をしているか、というメモだな」

「へぇ、ウチにも見せて」

ほかに乗客がいなかったのでメイド仮面をずらしてイチカがメモをのぞき込む。

曰く、依存性のある違法な薬を売ったり、毒みたいなポーションを売ったり、女子供や獣人を攫って奴隷にして売ったりしているらしい。ツィーアに『ラスコミュ』があったころはまだ自重していたのか、最近になってパヴェーラを食い潰す勢いで好き勝手しているようだ。もしかしたら、ツィーアで仕留め損ねた悪人がパヴェーラに引っ越して暴れてるのかもしれない。

「なるほどなぁ。これもしかしたらシド様、初めからご主人様に依頼する気やったんかもしれんな」

「ん、どうしてそう思う？」

「パヴェーラのことなのにシド様んトコに話が来てたんやろ？　パヴェーラからドラーグ村ときたらその先はゴレーヌ村や。しかも、ご主人様には『ラスコミュ』を完璧に潰した実績があるときた」

あー、しかも今尚スラムに睨みを利かせている影響力。功績と成果を鑑みて、依頼が飛んでくる可能性はとても高かっただろう。サキュマちゃん狂信者を生み出してしまうためあのやり方は二度としたくないけど。

「まぁ最後の一文を見るに、逆にご主人様の手を借りたくなかった可能性もありそうやけど」

「……『確かな筋からの情報：オフトン教聖女暗殺未遂の協力組織』か」

そして今は暗殺対象が俺になっているらしいので、警護対象である俺に手を借りて排除するというのも変な話だもんな。確かな筋ってのはミーシャかな？　でもそうか。ウチのレイに手を出そうとした連中ね。ふぅん。

「あと、綺麗に片付けてほしい、っていわれたけど、どうするつもりなん？」

「今はアイディのストレス解消が第一優先だ。多少逃げたところでちゃんとした依頼として受けたわけでもない、構うもんか。今回は乱暴な武力による解決しかない、後のことなど知ったことか」

「もっと準備期間があれば良かったんやけどなー」

今から1週間かけてみろ、アイディがキレるぞ。俺の身体をバッサリ斬るぞ。あ、1週間後には留学終わるか。というわけで、アイディには存分に暴れてもらおう。むしろ取りこぼしが出るのも俺達に手を出したらどうなるか宣伝してもらえていいかもな。

「つーわけでアイディ様ー、敵の偉い奴はできれば生け捕りで頼むでー？」

「ん？　面倒ね。鏖で良くないかしら」

「そのくらいの縛りせな、あっさり終わってつまらんと思うけど？　背後関係吐かせるくらいを目標にしといた方が楽しめるで？　それとも、できないんか？」

「……一理あるわね。良いわ、乗せられてあげる」

イチカがアイディを言いくるめる。イチカはこういう扱いが上手いので助かるよ。

「まぁ、シド様の読み通りパヴェーラの貴族が味方してるやろし、さらにその後ろには十中八九、聖王国がいるんやろな」

「そこまで分かってるなら全員殺しても良いんじゃなくて？　むしろ聖王国に殴り込みに行きましょうよ……冗談よ？　うふふふ、あははは！」

冗談なのか本気なのか分からないアイディの発言に、苦笑いしか返せなくても俺は悪くないと思う。

パヴェーラの白く四角い建物が並んだ街並みが門から覗ける位置で乗合馬車から降りた。

今回は町に入らず、町を囲む壁に沿ってパヴェーラの東側に向かう。……ていうか、今更だけどよく考えたら移動は【転移】すればよかったじゃないか。無駄に時間と体力を使ってしまった。魔力は節約できたけど。

いまさら言ってもアイディに色々怒られそうなので気付かなかったフリをして黙っておく。気付かなかったのはアイディも一緒だぞってな。

「はぁー、久々に来てしもーたなー……来たくなかったんやけど、ご主人様とロクコ様の命令じゃしかたないもんなぁ」

「メイド仮面の中身には、余程会いたくないニンゲンでも居るのかしら？」

「せやでー。ウチ昔ここで、悪ガキ共を纏めてはっちゃけてたんよ。スラムにも知り合いが残ってる可能性あるし気が重いわぁ」

「それだったら『ブラッディクラーケン』にも知り合いがいたりしてな」

「あり得るけど、ま、気にせず潰したってや。この格好ならバレへんやろし」

やれやれ、と手をひらひらさせつつ仮面の下でため息をつくイチカ。

「とりあえず目的地のスラムには着いたけど……」

ツィーアにあったスラム……かつてのスラム同様に、木の枝や板、布を組み合わせて作られたダンボールハウスのような四角いテントのような小屋が無造作に並んでいる。

そんなスラムに足を踏み入れた俺達に視線が集まる。ボロ布を身に纏っている人々に比べて、アイディの綺麗な赤いドレスは非常に場違いで浮いていた。それを言ったら俺とイチカの服も小綺麗だから浮いているのだが、アイディは特に美少女である。つまりとても目立つ。メイド仮面もかすむくらい目立つ。

ただ、この視線の質がツィーアの時とは異なり、獲物を見るようなギラついた眼であった。これは俺達の身なりのせいか、それともパヴェーラのスラムの性質によるものか。

「うん、こら空気が悪いなぁ」

イチカが仮面をしっかりつけて言う。生活魔法の【浄化】のおかげで衛生面は地球の中世ヨーロッパとは比較にならないほど良い環境。つまりこの場合の空気が悪いというのは臭いとか不潔という意味ではなく、犯罪組織の香りがするという意味。翻訳機能が働いても、意味が通じる言い回しだった。

「アイディ、ここからどうする？」

「あら。決まってるじゃない。軽い塵は吹けば散るでしょう？」

アイディは、無造作に魔剣を取り出した。そのルビーのように赤い魔剣を見て、遠巻きに見ていた人達は一目散に逃げ出す。しかし、一部だけ残る者がいた。逃げ遅れている足の悪そうな老人、生きた目をしていない廃人、そして、アイディの剣を見て尚それをも手に入れようと強欲を顔に浮かべた者達。

「あはっ」

アイディが満面の笑みを浮かべた。無理もない、なにせいよいよ現れたのだ、待ちに待った、探しに探した『斬ってもいい悪人』が。

「いいわよね？」

「そうだなぁ。ここはアイディに任せるとして……」

俺達が会話している間も距離を狭めてくる悪人面。その数は8人。人間と獣人の混成チームだ。俺達3人を囲んで近づいてくる。一応冒険者の格好をしている俺がいても勝てると踏んで挑むくらいなのだから、おとなしく冒険者になって生活費を稼いでいれば良かったものを……せいぜいお嬢様を鎮める生贄になってくれ。

「情報収集も必要だ。1人くらいは生かしておいてくれ」

「ええ」

にっこりと俺に向かって満面の笑みを浮かべつつ、アイディは後ろから殴りかかってきた男に対し、一瞥もせずに剣を振る。一拍遅れて、その男の胴体が上下に分断された。

「良い告白だったわ。でも弱者は好みじゃないの」

「は？　ぎゃ……ぐぁぇ」

うぇっぷ、グロ注意。肺を損壊したのか呼吸できず、体の中身と血を流し悶え苦しむ強盗男。残りの7人は、何が起こったか分からないといった顔で固まっていた。

「あら。隙だらけ」

「あ」「へ」「きゃ」「ぴ」「う」

そしてそれはアイディにとって間違いなく致命的な隙であり、一瞬で5人の首が胴体とオサラバすることになった。残りの2人、ここに至ってようやく1人が背中を見せて逃げ出し、もう1人は腰を抜かして倒れ、小便を漏らしていた。

「あー、やっぱりニンゲン狩りは楽しいわね。村長もそう思わない？」

「いやぁ、俺人間だからね。そこまでは」

「あらそう？」

なんという人を人とも思わない発言かと。まぁ実際アイディはダンジョンコア。格で言えば人とウサギくらい違う。

血を吹き出す首なし死体に囲まれつつ談笑しながら魔剣を投擲。逃げた1人を背中から貫いた。アイディが魔剣を消すと、その穴から大量の血を流して倒れる。位置からして心臓だな。これは死んだわ。

……俺も顔隠しておけばよかったかな、できれば目隠しもしたいところだ。あーグロいし血なまぐさい。周りの空気を【浄化】【浄化】っと。

さて、小便を漏らして生き残った1人、人間の男だ。

「ひ、ひぃい！　ワイが悪かった、殺さんでくれっ！　金、ワイの持ってる金全部やるっ、食い物も渡す、薬も！　2度と悪させぇへんっ！」

なりふり構わない命乞い。まぁこう言う奴はほとぼりが冷めたらまた悪さするだろうなと思いつつ、情報収集を行う。

「薬って、『ブラッディクラーケン』のやつ？」

「せ、せや。な、あんたら、こんなとこにあんたらみたいなのが来るって薬が目当てなんやろ？　あはは、アレは癖になるからな！　ええやろ、いくらでも売ってや――」

「ん？　命はいらないって？」

「ひっ！　すんませんすんません！　どうぞお持ちください！」

男は薬の入っているであろう包みを取り出した。うん、いらない。一応受け取って中身を確認すると、赤みがかった錠剤が入っていた。

「じゃ、この薬をどうやって手に入れたか聞こうか」

「……それは、その。……そいつが手に入れてたんや」

男が指さした先には、上下真っ二つになって事切れた男がいた。あちゃー。

「じゃあ次。今、『ブラッディクラーケン』の拠点探してるんだけど……」

「そ、それは言えんっ！　ワイが殺されちまう！」

へー知ってるんだね。ふぅん。と思ったところでアイディが尋問に割り込んできた。

「じゃあ今死になさい？　いいわよね村長？　いいわよね？　ね？」

笑顔で圧をかけてくるアイディ。

「……まぁいいよ。次探せばいいだけだし」

「やったぁ」

「言う！　言います！　言わせてくださ」

と、笑顔で魔剣を振りかぶるアイディに待ったをかける男。だが遅かった。アイディの魔剣は、さくっと男を両断していた。縦に。うわぁ。グロ注意。これも遅いか。

「……この死体はどうするんだ？」

「捨て置くわ。此処(ここ)の者が良いように処分(おかたづけ)するでしょう？」

「あ。それなんやけどアイディ様、死体が残らないように消したり、煙も出さずに燃やせたりせぇへん？」

死体を見ても平然としているイチカ。俺は初めてではないとはいえ死体を目の前にちょっとビビってるというのに豪胆な奴(やつ)だ。

「できるけど。どうして？」

「そら、こんな乱暴な痕跡を残してたら、次の獲物がビビッて釣れなくなるやろ？」

「あら。賢いわねメイド仮面」

イチカの進言でアイディが男の死骸に触れると、その死骸が消えた。

「ほぉー、一瞬やん。これ、どうやったん？」

「DP(ダンジョンポイント)に変換しただけよ？　ロクコでもできるわ」

言いながら他の死骸も消していくアイディ。最後に【浄化】をかければ、そこには8人の男達がいたという痕跡はどこにもなくなっていた。

「ふう、にげきれたけど、ここはどこ、まちはどっちにいけばいいのかしら」

スラムの東へ走ってきて、あからさまな棒読みのアイディ。

「嬢ちゃん、こないなとこアブナイで？　ワイが道を教えたるわ……奴隷商へのなァ！」

しかし釣れる悪人。これにアイディが『対応』する。消える悪人。


「ふう、にげきれたけど、ここはどこ、まちはどっちにいけばいいのかしら」

スラムの北へ走ってきて、あからさまな棒読みのアイディ。

「おうおうどこのお嬢様だ……身包み置いてきなァ！」

しかし釣れる悪人。これにアイディが『対応』する。消える悪人。


「ふう、にげきれたけど、ここはどこ、まちはどっちにいけばいいのかしら」

スラムの西へ走ってきて、あからさまな棒読みのアイディ。

「余所者がこんなところにいるなんて……金出しなァ！　命も貰うけどなァ！」

しかし釣れる悪人。これにアイディが『対応』する。消える悪人。


さて、こんな感じで数箇所で情報収集を行ったが、『ブラッディクラーケン』の情報はあまり集まっていない。成果と言えば、アイディのストレスが発散される程度だ。

「いや村長。この程度ではかえってストレスが溜まるわ？　ここまで焦らされたのよ。もっと強い敵でないと。……けれど贅沢は言わないわ、少し前の子犬程度でいいの」

「そのくらい強い奴はまっとうに冒険者してるんじゃないか？」

「……逆に言えば、子犬くらい強さがあって此処にいたら、悪の幹部である可能性があるということかしら？」

なるほどそれは考えうる話だ。

「まってまってアイディ様。ここは魔国やないんやで？　先輩は強いんよ？　そらアイディ様に比べたら弱いんやろけど、それ以外のゴレーヌ村の面々で考えてみ？　ゴゾーくらいの強さで十二分に幹部やと思うでウチは」

「そうだな。魔国行く前のニクでも実力者らしい兵士振り回せるくらいだったもんな」

「えぇ……それはとても悲しいことね」

俺とメイド仮面の訴えに、敵が想定より弱すぎると不満げなため息をつくアイディ。しかしこればかりはどうしようもない。現状でも数十人の生贄を捧げている。気分は邪神を誘導する魔王の手先だ。

「じゃあ次は少しでも強めのが居たら適度に削って巣まで追い立てることにしましょう」

アイディの言い方だと本当に狩りをしている気分だ。不幸中の幸いというか、相手は一見か弱い美人であるアイディに、護衛２人がついているのにもかかわらず問答無用で襲ってくるような悪人だけというのが心の救いである。

　というわけで、さらにそこから生贄を捧げつつ、巣まで――拠点まで誘導し、追いかけると、そこはようやく『ブラッディクラーケン』の施設で、それも製薬施設らしい場所に着く。ここで作られたであろう赤みがかった錠剤が引き出しの中にどさりと仕舞われていた。

「あー。あー。殻だけ取って中身ポイとかもったいないなぁ……はー、さすがにこれは食えんわ。食ったらうまいんやけども」

　材料の赤いウニとその処分後の状況を見つつメイド仮面が嘆く。少量なら問題ないが、大量に食べるとマヒして死ぬ可能性もある毒ウニだ。殻にはさらに毒が多く含まれており、そして中毒性がある。この中毒性のある成分だけ抽出し、薬にしていたらしい。

　……というか、色々と証拠になりそうなものが大量に置いてある。手紙、帳簿、毒のレシピに書類、契約書。ついでに証拠隠滅用の仕掛けも用意されていたが、メイド仮面がさくっと解除してくれた。優秀。

　……そして、残された資料から、非常に残念な事実が発覚してしまった。この拠点こそが『ブラッディクラーケン』の本拠地であることが分かったのだ。あまりにもあっさり本拠地を潰してしまったようである。

「村長。二手に分かれない？」

施設に残っている資料を確認していたら、アイディがそんなことを言い出した。資料からこのスラム内に別の拠点がいくつか残っていることが分かっている。それと強さは期待できないが、クラーケンなだけにイカにちなんだ10人の幹部がいるらしく。アイディはそちらを潰してきたいとのことだ。暇潰しに。

「アイディに何かあったら俺が責任取る羽目になるんだが？」

「この拠点が本拠地、最難関だったのでしょう？……大丈夫よ、無茶なんてできる相手がこのスラムにいるとは思えないわ。いいでしょう？　もう隠す必要もないんだし、ひと暴れしておきたいの」

「……分かった分かった。だが自己責任だぞ？　何かあっても俺に責任を取らせないと誓ってくれ。できれば契約魔法で」

いい加減人狩りにウンザリしていた俺は半ば投げやりにそう言った。ああ、ようやくお嬢様のお守りから解放される。そんな気持ちで軽く。

アイディ Side

ケーマからもらったメモをもとに、『ブラッディクラーケン』の拠点を巡っていく。イカの10本足になぞらえて10人の幹部がいて、その中でも2人が特に秀でている……らしいが、秀でているうちの1人でもアイディがわざと逃がして拠点に案内させた程度の強さしかない奴であった。その他メモされた特徴を照らし合わせても、半数はすでに拠点を見つける前の釣りで『処分』済みであると思われる。

「全く、ここまで脆弱だとは……」

　とんでもない肩透かしである。しかし雑魚とはいえある程度の数を斬れたので、留学の間くらいは我慢できるだろう。

「あとでチョココロネと交換してもらいましょう。そう思うと、慰めにはなるわね」

　死体をＤＰに変換して消しつつ、アイディは次の場所へ向かう。


「……ふむ、まぁ適当に燃やしてしまえばいいわね」

　罪のない一般人を巻き込まないように、と言われているので、多少配慮して派手に暴れ、逃げる者は追わず、歯向かう者を斬り捨てる。閉じ込められるように集められていた女子供や獣人達を解放して好きに逃げさせたり、建物に火をつけたりと好きに遊ばせてもらっていた。

「さて、次で最後――」

　そうして５か所目の拠点。なんの期待もせずに訪れたそこ。メモには生産拠点と書いてあったが……

「ダンジョン……？　妙な気配ね……」

そこの地下には、ダンジョンがあった。ただしそれは、アイディの感じたことのない気配を帯びていた。黒い靄のような空気。まるで、動く死体を見ているかのような不思議な感覚をアイディは覚える。

「まぁいいわ。残党狩りと洒落込みましょう」

しかしアイディは特に気にすることなく、そこに逃げ込んだ『ブラッディクラーケン』の残党を狩りに行く。陸上でも活動できる海産物なモンスターが、何故か残党は襲わずにアイディだけを狙ってくる。赤いウニが飛ばす針を剣で弾いて遊びつつ、なぜか一本道に部屋がついている程度の整頓されたダンジョンを進む。

あまりにも整然としているため、奇妙な違和感と相まってダンジョンではなくただの地下室なのではないかと錯覚する程だが、アイディの勘はここがダンジョンであるとつげていた。

部屋を覗けば、ボロボロの奴隷が詰め込まれていたり、赤いウニがみっしり詰まっていたり、水草の黒い薬草がびっしり生えていたりした。生産拠点、とメモにあった言葉を思い出す。

「……ここのコアは、よほど此奴等に協力的……ということかしら」

あるいは、ダンジョンマスターが絡んでいるのかもしれない。パヴェーラのダンジョンと言えば『火焔窟』のレドラがいるが、こちらは内装からして海産物。

ここまで違うとなると、別のダンジョンなのだろう。ダンジョンマスターがコアの特性を無視して造るという可能性もあるが、レドラがこのようなせせこましいダンジョンを造るとは思えなかった。となれば海に関連したコアか、そのマスターが勝手にということが考えられる。コアについての心当たりは、アイディの知る限りではまさにクラーケン型コアがいた。陸を歩ける、大型のイカだ。６００番台(同ロット)で……番号は忘れたが、既に狩られていたと記憶している。

「ふむ」

　何のひねりもない一本道ダンジョン。残党を狩りつつ、一番奥の部屋までやってきた。

　そこにあったのは黒いダンジョンコア。黒く太い蔦(つた)か触手か分からないものが刺さっている。なんだこれは、とアイディは嫌悪感を隠しきれず、眉を顰(ひそ)めた。残党の男がパネルを操作している。まさかこいつがこのダンジョンのマスターなのだろうか？　しかし、パネルはアイディが知るメニューとはまるで違う代物だ。

「ぎひっ、ワイは、ワイはこんなとこで終わるタマやない！　元伯爵家騎士隊長のダストンをも配下にした男やぞ!?　いずれパヴェーラを統べる男なんや！　なのに！　こんな時にどこ行ってるんやクソダストンンンッ！　働けやクソボケカスゥゥウウ！」

「ねぇ、あなたマスターなの？」

　一応、アイディは眉を顰めつつも確認してみた。

「はぁ!?　何訳の分からんことというとるんや！　死ねっ！　力ある者はダンジョンを破壊する義務があるんや！　それが常識やろぉおお!?　なんでこんなトコに居るんやクソがぁ

ああああ！　クソクソクソクソクソォオオオ！　ワイ以外みんなクソォオオオ！」

「あら。マスターなら殺さないであげようと思ったのだけれど……違うみたいね」

血走った目でアイディを見ながらバシバシとパネルに指を叩きつける男。

「どいつもこいつもクソがっ！　洗脳だ、洗脳してやるぅ！　一度しか使えない最終手段だが……お前をスレイブにしてやるよぉ！　テメェみてぇなイカレ女でも、腕が良くて見た目も悪くない女と引き換えならいい取引だァ！　死ぬまでこき使ってやるう！」

その瞬間。コアの表面を覆うように細かいヒビがびしりと走り、そのヒビから黒い粉が勢いよく噴き出して部屋を覆いつくした。

「毒？　暗闇？……そんなもの、私に効かないわ」

アイディは意に介さなかった。しかし、それはアイディの油断であった。

「あ、……う？」

ふらり、と身体が揺れる。視界が明滅する。明確に何かの影響を受けている。そしてそれは間違いなく、この目の前の『攻撃』であると、アイディは判断した。

「あーひゃひゃひゃひゃ！　どうだ、どうだ！　これでお前は俺の奴隷、言いなりだ！　さあ服を脱いで跪け、ワイの足を丁寧に舐めさせてやる！　感謝の涙を流せ！　ワイを殺そうとした報いやぁ！　ああそうやっ、ご褒美にケツの穴も舐めさせてやるわい！　クソにはお似合いだろぉがげひひひひ！」

アイディは魔剣を振りかぶり、暗闇の向こうで気持ちの悪いことを喚く男を切断する。

「げヒッ……は、ぁ？」

なんとも情けない断末魔。まさか、斬られないとでも思っていたのか。アイディでなくとも、これだけ煩けれ(うるさ)ば場所もよく分かるというのに。

どしゃ、と肉が床に倒れる音がして、静かになった。あまりにも気持ち悪かったので、アイディは死体をＤ Ｐ(ダンジョンポイント)にすることもなく放置する。体の動きが鈍く、ふらつく。まるで酒に酔っているような酩酊(めいてい)感。不快さは二日酔いよりも酷(ひど)い。……アイディはその原因であろう、真っ黒な、奇妙なダンジョンコアを見据えた。

……いや、これはダンジョンコアなのだろうか？　本当にとても奇妙だ。言葉で説明できない不快な存在。ねっとりとした悪意の舌に、体中を舐められるような悪寒がする。

「これは……さて、如何(どう)したものかしら……」

体の自由がきかなくなっているアイディ。頭の中に声が聞こえてくる。

『――、――――。……――、――』

「嗚呼(ああ)……そう。之(これ)は対策をしていなかったわね」

アイディは最後の抵抗とばかりに、億劫(おっくう)そうに、ヒビ割れた黒いダンジョンコアを斬り付けた。ヒビ割れていたコアは、そのままガラスのように粉々に割れて、黒い破片が部屋中に飛び散った。

アイディは、やれやれと、自分の失態に溜息をつく。ケーマとロクコが何とかしてくれることを祈りつつ、アイディは目を閉じた。部屋を埋め尽くす闇が、アイディの胸元に収束して、黒いブローチのように珠を作る。

そうして、部屋から靄が消えた暫くの後、アイディは目を開ける。まるで目の前にあったダンジョンコアの色が移ったかのような黒い瞳。そして可愛らしい唇をぽつりと開けて呟いた。

「……ダンジョンを、壊しに、往かないと――」

痛みやふらつきは、もうない。

ケーマ Side

本拠地にあった各種資料。【収納】に入れて持ち帰るのもかったるい程の証拠物件に誘拐された人々。思っていた以上に綺麗に片が付き、残った拠点もアイディが潰しに向かった。俺はメイド仮面に領兵を呼んでもらい、現場を引き継いでもらうことにした。

「はっ、シド様から話は伺っております」

とのことで、領主一族の側近が率いる兵士達がぞろぞろ合わせて十数人やってきた。ドラーグ村でシドと一緒に居るところを見たことがある奴(やつ)だったので、証拠隠滅にきた偽物の兵士ということもないだろう。念のため俺の方でも証拠を一部預かりシドに渡して欲しいと自ら提案してきたし。めんどいから断ったけど。「何と、これほどの手柄を前に我らを信頼をしてくださるとは！」「いや、この程度功績とも考えないということでは」「どちらにせよ……偉大な男や！」とかなんとか言ってたけど知らんぞ。


夕暮れに合流したアイディは、ストレス発散ができたのかすっかり落ち着いていた。

「村長。私、ゴレーヌ村に戻りたいのだけれど」

「ん？　ああ。まぁ受け渡しも済んだし、いいけど」

今から馬車で帰ると夜中になる。無理せずパヴェーラやドラーグ村で1泊して行くのもいいかと思ったのだが、さっさと帰りたいというなら仕方ない。帰るとしよう。

……いやまてよ？

「それなら【転移】でさくっと帰ろうか」

「分かったわ」

さりげなく言うことで、アイディはなぜ今まで【転移】を忘れていたのかという点についてスルーしてくれた。よっしゃ成功、これですぐに帰ってゆっくり寝れる！　ストレス発散後の賢者タイムだったのも良かったに違いない。

イチカを【収納】に仕舞って村長邸の俺の部屋に【転移】で戻ると、ロクコが俺の布団の上で毛布に包まってごろごろしていた。

「……ロクコ？」

「ふぇ？……けっ、ケーマ!? ち、ちがうの！ これはちょっと違うのよ!?」

俺が声をかけると慌てて何かを否定するロクコ。

「何が違うかは分からないが、とりあえずどう見ても不審者にしか見えないぞ」

「いやそれは誤解なの、私はただケーマの帰りを心配して待ってただけ――」

ロクコがあわあわと言い訳を始めたその瞬間。俺の横に居たアイディが魔剣を取り出し、ロクコに向かって鋭い突きを放った。

ざくりと魔剣がロクコを貫く――ことはなく、見えない力場でガチンと堰き止められる。

「――ひゃっ!?」

「む……？ あらあら？ 刺さらないわ。可笑しいこと、如何してかしら？」

今度は叩きつけるように魔剣を振り回す。が、毛布を着込んだロクコに当たる直前、寸止めで魔剣は静止した。

「や、やめっ、アイディ!? やめて!?」

「可笑しいわ、ああ可笑しい。これではダンジョンを破壊できないわ？」

「お、おい！　何してるんだ、やめろアイディ！」

「村長。止めないで？　私はダンジョンを破壊しないといけないの」

振り向いて俺の目を見るアイディ。見開いた黒い目は、正気とは思えない。……黒？

アイディの目の色は、もっと別の、赤系の色であったような。そんな疑問が一瞬頭の中によぎったが、俺はひとまず叫ぶ。

「ロクコ、逃げろ！　なんかおかしい！」

「う、うん！」

ロクコは俺の言うことに素直に従い、毛布をかぶったまま消えた。おそらく、マスタールームへ移動したのだろう。

「ああ、逃げられてしまったわ」

「一体どうした？　おかしいぞお前」

「可笑しいこと？　それは私ではなくてロクコではなくて？　だって刺さらなかったわ」

それについては、ロクコの被（かぶ）っていた毛布――『神の毛布』の絶対防御だ。

しかし、突然アイディがロクコを襲うだなんて。

「……洗脳か？　よく分からないがそれなら話が早い」

俺は『神の目覚まし時計』を取り出した。状態異常であればこいつ一発で治る――

「あら」

——はず、だったのだが、その。アイディは魔剣をちょいっと動かして俺の手から時計を奪ってしまった。片手サイズの目覚まし時計がアイディの手に弄ばれる。

「あっ」

「何をしようとしたかは知らないけれど、預かっておくわね」

なんという迂闊。アイディは自分の【収納】に『神の目覚まし時計』を放り込む。手が出せなくなってしまった俺は、笑顔のアイディと対峙したまま冷や汗を流す。

「邪魔をするなら、村長も壊すわ？」

そう言って魔剣を俺に向かって振り下ろしてくるアイディ——

——だが、次の瞬間、俺はマスタールームに移動していた。

「ケーマ、大丈夫？」

「あ、ああ。助かったよロクコ」

どうやらロクコが俺を助けてくれたらしい。ひとまずの危機を脱して、俺は安堵のため息を吐いた。

「お礼に、俺の布団の上で毛布をかぶって何をしていたのかは不問にしておこう」

「うう、ケーマのオフトンで寝てただけよ」

毛布で顔を隠すロクコ。本当に何をしてたんだか。

モニター越しにアイディの様子を見ると、アイディは何故かこちらを見ていた。

『ロクコ。これからダンジョンに、潜るわ。球を磨いて待ってなさい？　あははははは！』

そう告げて、声高々に笑うアイディ。

「ケーマ、アイディはどうしちゃったの？　明らかにおかしいわ」

「いや、うん。俺にもよく分からん。が、何やら洗脳されてるような感じだ」

「洗脳？　アイディが？……考えにくいけど、あの言動は確かにそう考えなきゃおかしいものね？　いくらアイディでもいきなり私を殺そうだなんて……しそうだけど」

幸い『神の毛布』を使っていたおかげで助かったけど、危うくロクコが殺されるところだった。なんにせよ、アイディをどうにかしないといけない。……こんな時に限ってミーシャは連絡が取れないし、役に立たない猫だ。

「とりあえず止めないとな」

村長邸を出て、ダンジョンへ向かうアイディ。幸い時間は夜で、多くの冒険者はダンジョンから帰宅している。無駄だろうとは思うが、今いるゴブリンを全てアイディの足止めに向かわせておこう。

俺はレイの部下、ダンジョン管理用の妖精に指示を出す。

「エレカ。残っている冒険者は？」

「はい、残っているのは……第4層の『強欲の宿』エリアで寝ている連中のみです。特に影響はないかと」

第2・第3層の迷宮エリアにも残っているかと思ったが、夜中付近になるとダンジョン内で夜を過ごそうという冒険者は『強欲の宿屋』へ引っ込んで休むらしい。なんとも効率的なことで。しかし今は都合がいい。

「迷宮エリアでアイディの足止めを頼む。ぐるぐる歩き回らせて時間を稼いでくれ」

「かしこまりました」

エレカは分裂し、複数個所を同時に対応し始めた。

「ロクコ。ニクと、それにレイ達にも連絡して呼べ。緊急事態だ」

「分かったわ」

俺はイチカを【収納】から取り出した。

「ただいー、あれ、なんでマスタールーム？」

「イチカ、緊急事態だ」

「んん？　どうしたんご主人様。緊急事態て」

入れる前から考えて宿や村長邸に出ると思っていたイチカだが、俺の言葉にすぐさま緩んだ姿勢を正す。仮面も外して【収納】にしまう。

「これを見ろ」

俺がモニターを出すと、そこには『あはははは！』と笑いながらゴブリンを滅多刺しにするアイディが映った。

「なんやこれ」

「アイディが何者かに操られてる可能性が高い。そんで、今ダンジョンを攻略中だ。ゴーレムを任せるから、足止めを頼む。すぐにニクやレイ達も来るから、指示してくれ」

「うぉっとぉ？　なんや知らんけど本当に緊急事態やな。了解やでー」

と、レイ達3人娘がマスタールームに移動してきた。

「マスター、お呼びにあずかり参上致しました！」

「よし、イチカの指示を仰いでくれ」

俺はレイ達の指示をイチカに丸投げした。

「ご主人様……はふ、おはようございます……？」

直後、寝ぼけ眼のニクが現れる。寝ている所だったか……悪いことをしてしまったが、緊急事態だ。ニクにもイチカから指示を受けてもらって、ゴーレムでアイディと戦ってもらおう。

よし、それじゃ次だ。

「ロクコ、ハクさんにメールして判断を仰いでくれ。ついでにミーシャも来るように言ってもらえるかもしれない」

「まってケーマ。それだと……その、アイディのこと、殺せって言われるんじゃ……？」

「……確かに、可能性はあるな」

俺がそう言うと、ロクコはぐっと目を伏せる。

「嫌よ、私」

「でも、そうでもしないと俺達にはアイディは止められないんじゃないか？」

「嫌よ！　アイディは私の親友なのよ!?　親友を自分のダンジョンで殺せっていうの!?」

悲哀を含んだ叫び声。俺は思わず目を逸らす。

「ハク姉様には内緒で片を付けるの。いいわね、ケーマ？」

「……いや、そこはロクコがどうにかハクさんを制御できないのか？」

「ケーマのことと違って、私の安全のことよ。姉様がどんな手を取るかケーマには分かる？」

確かに、この件がハクさんにバレたらアイディはハクさんの敵に認定され、どちらにしても殺されてしまうかもしれない。元々魔国、魔王派閥は敵なのだし、そうすることにハクさんは躊躇しないと思う。

つまり、アイディに対しては万全を期して排除する可能性が高い。

なにせ、ロクコに剣を振り下ろした実績ができてしまったのだから。……ロクコが今後もアイディと変わらない付き合いをするためには、これをなかったことにする必要がある。

そのためには、まず俺達だけで内密にアイディを何とかしなきゃいけないわけだ。

「ケーマ。何か、手はない？」

ロクコに促され、考える。奪われてしまった『神の目覚まし時計』があれば話は早かったのだが……モニターを見れば、アイディが笑顔でイチカ達のゴーレムを破壊し、ニクの操る特段動きの良いアイアンゴーレムと戦っていた。今はまだ時間が稼げているが、アイディがその気になればいつでもここから奥へ行けるだろう。

「ん？」

アイディの身体に、なにやら黒い靄がかかっているように見えた。

「……？　あの黒い感じ……前にも、見たな」

俺は記憶をひっくり返す。そう、アレは確か——

「ダンジョンイーター、564番コアの左腕、そして、人工ダンジョン」

この3つ。この3つはそれぞれアイディの纏う靄と、雰囲気がとても良く似ている。ではこれらと同じようなモノだとして、以前はどのように解決したか？　簡単だ。全部ぶっ飛ばしてやった。……いや、ひとつだけ違ったか。

「564番コアの時は、『父』——闇神の助力があったな」

そうだ。あれも暴走、手が付けられないという意味で、ある意味今のアイディと一番近い状況だった。

俺はメニューを開く。そこにはGPの文字。……俺は1GPを捧げたのち、『父』へと『要望』を出した。「娘さんが暴走してるのですが、殺さずになんとかなりませんか。ハクさんには内緒で」と。普通にメールを送っても『父』に届くだろうが、GPを使ったのはせめてもの気持ちというやつだ。その効果もあってか、直後にメールが返ってきた。

『アイディの胸に黒いブローチがついてるよね？　その宝石っぽい珠を壊せば止まるし助かるよ。今回はまだ融合してないし、僕の出る幕じゃないね。GPは口止め料とお告げ代として貰っておくけど。——追伸。今はアイディが気合で止めてるから、アイディの意識を刺激するようにすれば黒いのは悪さしにくくなるよ』

ありがたい情報が送られてきた、どうやら話は大分簡単になったらしい。しかし『まだ』とか言っているから、時間がたってアイディの意識が薄れてしまえば融合してしまうのだろう。早めに対処した方がよさそうだ。

「ロクコ。対応方法が分かったぞ。アイディの意識を刺激しつつ、胸元についている黒いブローチを壊せばいいらしい」

「分かったわ！　元凶は胸のブローチね。ニク、イチカ、狙って！」

「了解やっ、先輩、連携いくでぇ！」

「わかりました、イチカ。合わせます」

モニター越しに、アイアンゴーレム達があり得ないくらい機敏な動きでアイディに襲い掛かる。壁を走り、天井を蹴って襲い掛かる立体機動とか普通の冒険者なら確実に対応しきれない。いつの間にこれほどまでの操作技術を身に着けていたのだろう。

しかし、アイディには通用していない。魔剣で力ずくで斬り払われ、切断された残骸が後ろに転がっていった。

「数で圧倒するのよ！　ケーマ、ゴーレムの残骸回収するから修復！　レイとキヌエはスポーンしたアイアンゴーレムを突っ込ませて！　ネルネはケーマが作り直したゴーレムでニク達をアシストよ！　エレカ、迷路は引き続きお願い！」

ロクコが指示を飛ばす。それもなんという的確な。これほどまでに成長していたとはマスターとして驚きを隠せない。俺はロクコの指示通り残骸に【クリエイトゴーレム】をかけゴーレムの数を増やす仕事にとりかかった。

……って多い、数がひたすらに多い！　アイディがゴーレムを倒すと残骸がこちらに送られてくる。残骸を直して送り込む。また残骸になる。直す、送り込む、残骸になる。ウォオン、俺はまるでゴーレム製造工場だ。いやガチで。

「憑依操作できれば、きっともっとやれるのですが……申し訳ありません」

「いやいや何度も死ぬ心地を味わうのは御免やで？」

ダンジョンモンスターではないニクとイチカに『憑依』はできない。が、そもそも俺がクリエイトしたゴーレム自体も『憑依』できないので同じことだ。レバー操作が関の山。

「ストーンゴーレムも投入します、体当たりで姿勢を崩して！」

レイの指示でストーンゴーレムやクレイゴーレムも突撃するが、アイディはひょいひょいと躱してはすれ違いに切り捨てていく。全く足止めにならない。俺の修理するゴーレムが増える一方だ。

最初は5体分、あっという間に10体、20体分だ。俺の手が追い付かなくなるのも時間の問題——と思いきや、ある程度で送られてくる残骸の量が一定になった。

「くっ……通路が狭くて、一度に襲い掛かれる数に限りが……！」

なるほど、どうやら空間的な限界で上限があったらしい。

「エレカ、通路なんとかなりませんか！」

「だめです、今以上の数で襲える場所に行くと、迷宮を歩き回らせられなくなります！」

今現在一番時間稼ぎに有効なのが、迷宮の壁を操作して行ったり来たり歩き回らせること。襲い掛かるゴーレムの数を増やしたところで、ブローチを破壊できる保証はないし、少し増えたところで現状まだまだ余裕そうなアイディには無駄に終わりそうだ。

「おいロクコ。こりゃキリがないぞ」

ロクコはロクコで、直したゴーレムを登録して迷宮に設置するのに忙しいが、このままでは埒が明かない。それはロクコも十分承知していた。

「分かってる！　分かってるけどどうすればいいの、アイディが止まらないのよ！」

相手は疲れ知らずの魔王流を駆使するダンジョンコアのアイディ。【クリエイトゴーレム】を使いつつ見れば、踊るように一度に前後左右の敵を切り捨てていた。残骸が回収され、俺の手元にくる。……とりあえずゴーレムをけしかけている間はアイディの侵攻も鈍るし、迷宮をこちらが操作した思い通りに進んでくれている。時間稼ぎにはなっているようだ。

しかし今回、時間稼ぎは下策だ。時間をかければかけるほど、アイディが俺達の手に負えない状態に、『融合』とやらをされてしまう可能性があるからだ。

「ケーマ。何か手はない？」

「アイディを罠に嵌めるしかないだろう。……かといって、アイディは勇者に匹敵する武勇の持ち主。中途半端な罠じゃな」

ロクコと会話しつつも俺は【クリエイトゴーレム】の手を休ませない。クレイゴーレムならともかく、主力のアイアンゴーレムの修理は俺にしかできないことだ。あまり他のことを考えている余裕がないんだぞこれ。

「確かにワタルと模擬戦で接戦する程の腕前だったものね。……なら私がゴーレムをひたすらけしかける以外の時間稼ぎを考えるから、そしたらいい案を考えて頂戴。ケーマはそれまでゴーレムに集中して」

「……できるか？」

「私を誰だと思ってるの。ケーマの、お、おく、奥様なんだからね！」

そう言い切ったロクコの顔は真っ赤だったが、とりあえず自信のほどは伝わってきた。

「というか、それで時間を稼いでもらってもそれで俺が良いアイディアを閃くかは別なんだけど」

「信じてるわよ、ケーマ」

やれやれ。そう言われては、なんとかするしかないじゃないか。……できなかったらゴメンね？

アイディ　Side

異様な数のゴーレムの襲撃を捌くアイディ。しかし異様といっても、アイディは事情を知っているため規定でもある。これは見方を変えればアイディVS『欲望の洞窟』というダンジョンバトル。であれば、この程度の戦力は当然のことだった。

「あははは！　はー……、埒が明かないわ！」

剣を振るう。力は衰えることがない。元々疲労しない身体だが、むしろ胸元の黒いブローチから流れ込み、溢れそうなほど。しかしゴーレム達の攻撃にも飽きてきた。

「推察する迄もなく、『これ』を狙っているわね？」

アイディはまたひとつ攻撃を弾き飛ばし、アイアンゴーレムを切り捨てた。その攻撃も、ひたすらに胸元狙いだった。

「ねぇ貴方、何者？　私の身体で何をする気？」

『――、――！　――！』

黒い宝珠はひたすらに叫ぶ。ああ、また気分が高揚してきた。ダンジョンを、ダンジョンの奥へ、奥へ！　最奥へ！　そして、ダンジョンを壊すのだ！

「あははは！　そこまで言うなら、貴方も『力』を負担しなさいな――あら？」

少しだけペンダントの力に身を任せてみようかと思ったその時、不意に襲撃が途切れる。拍子抜けしたが、代わりに1体のアイアンゴーレムが石の剣を杖のように付きつつ、アイディをじっと見ていた。

「……？」

アイディはその意図が読めず首を傾げる。しばらく睨み合うように対峙した後、ゴーレムはくるりと踵を返し、アイディに背を向けて歩き出した。剣は構えているわけでもなく、ただ持っているだけ。後ろから切りつければ、あっというまに片付けることができる。

「さて、如何したものかしら？」

アイディがその場から動かずに呟くと、ゴーレムが顔だけ振り向いて「付いてこないのか？」と手招きする。どうやら、誘い込まれているようだ。

『――！　――……！』

「ええ、ええ、そうね。之は罠だわ。間違いない。けれど」

剣を持って誘われたら、行くしかないわよね？　と、アイディは喚き散らす『声』を無視することにした。だってこれは、間違いなくダンジョン……ロクコからの決闘のお誘いなのだから。

　ゴーレムの案内に従って迷路を進む。ただ遠回りするだけで時間を稼ぐだけであればアイディは切り捨てる心算だったが、迷いなく進む先には『強欲の罠』――魔剣のお試し部屋があった。アイディが入ったのを確認し、道案内したゴーレムはしゃりんと台座から魔剣を引き抜く。ギミックで入口が塞がった。

「閉じ込めた……というだけではないわよね？」

　詰まらない考えであれば、ただ壊して出るだけよ、とアイディは入口を閉ざす牙の如き鉄の針に魔剣を突きつけながら様子を窺う。――と、殺気を感じてアイディは前転しながら天井からの攻撃を避けた。

「あはっ！　少し、格好の付いたお人形が出てきたわね！」

　そこに居たのは、鉄のゴーレム馬に乗った、ゴーレムの鎧武者――かつてケーマがダンジョンボスとして作り、今は倉庫エリアで徘徊しているアイアンハニワゴーレム――であった。

『あーあー、聞こえるかしらアイディ？』

「あら？　ロクコの声……」

『この声は録音だから、会話はできないけれど……。これはね、聖王国の聖女を屠ったこともあるゴーレムよ。多少は歯ごたえがあると思うから遊んでいきなさい。倒したら、入口を開けてあげる』

「まぁ、愛してるわロクコ！　あとでいっぱい壊してあげる！」

嬉々として魔剣を構えるアイディ。一体どのような技を見せてくれるのか、アイディは胸を高鳴らせてアイアンハニワゴーレムに襲い掛かった。

アイアンハニワゴーレムは、それなりに強敵であった。とはいえ、アイディの敵となる程でもなかった。

「子犬以上、ワタル未満ってところかしら。中々に堪能させてもらったわ。セバスであれば、良い勝負に成ったでしょうね」

特に最後の仕込み武器はとても驚いた。ゴーレムの腕の中に魔道具による武器を仕込むとは、恐らくケーマの発想だろうと感心する。幸いにして水と砂による攻撃であったため、アイディは『不壊』で『炎』の魔剣を盾にすることで防ぐことができた。

仮に先の通路で襲い掛かってきたゴーレムの腕全てにこれが仕込まれていたのであればアイディは既に鎮圧されていたかもしれないが、恐らく量産できない代物なのだろう。

『――！　――！　ツッッ！！！』

「うぐ……むぅ、我儘ね。もう少し余韻に浸らせてくれても良いじゃない……」

再び『声』が喚き散らす。頭が痛い。

アイディがアイアンハニワゴーレムに勝利したのを確認したところで、渋々といった感じで少し勿体を付け、待機していたゴーレムが剣を台座に戻す。『強欲の罠』の入口が開いたところで、入口をアイディが歩いている最中に閉められることのないようゴーレムを破壊した。しかしロクコがその気であればこのようなスイッチなど関係なく入口は閉ざされるため、あまり意味がなかったかとアイディは独り言ちた。

迷路に戻る。

「あはっ、さて、奥へ行きましょう！」

『――！　――！』

胸元の黒い石がキンキンと『声』を上げる。それはどちらに行けばいいのかを示しており、アイディは迷うことなくその声に従った。『声』の言う通りに歩いてやると、無事に迷路を抜けて、見覚えのある『強欲の宿屋』へと辿り着く。以前ケーマに案内された記憶が蘇る。この先は案内されていない所であるが、『声』は当然のように更に奥に向かうよう叫んでいた。

休息の必要がないアイディは、そこで休んでいる冒険者共を尻目に奥へと向かう。するとそこには大きな空洞が、下方向に広がっていた。断面を見れば台形の空洞で、壁に階段となる板が生えている。ケーマ達は『螺旋階段エリア』と呼んでいる場所だ。

「ふむ……これは、落ちたら少し痛そうね？　引き返して他の道――」

『ツッツ！　ツッツ！　ツッツ!!』

「――ッ、煩いわ……冗談如きで一々意識を塗り潰そうとしないで頂戴？　進んであげるから黙っててくれるかしら……」

　アイディは先へ進むことにした。『声』も小さくなる。

　階段となる板は長さが一定で、つまり上から中央の吹き抜けに落ちたら下の板には手が届かず一番下まで落下するようになっていた。アイディの魔剣のように長物を持っていればあるいは届くかもしれないが、そうでなければチャンスもなく下まで落ちる。中々にいやらしい造りだとアイディは感心した。

　階段を1段1段降りていると、不意に足元の感覚が消滅する。かくん、と壁から折れ曲がる、落とし穴のような段があったのだ。

「あらっ、これは面白いわね！」

　こちらは中央の穴程ではないが、1周分下の高さまで落とされてしまう。運が悪ければ足首を挫いたり、骨を折るだろう。だがアイディは咄嗟に剣を振ってその反動で体を持ち上げ、これを回避した。ケーマがいれば『空中ジャンプかよ』と呟く声が聞こえたことだろう。普通であれば、1段1段確認するようになるので一番下まで降りるのにより時間がかかるようになるだろうが、アイディにはこの技術があるため気にせず進むことができた。片足が落とし穴に掛かってからでも余裕で対処できるのは反則的だ。

しかしもう少し進むと、今度は壁がズズズと音を立ててせり出てくるではないか。階段を降りる者を階段の板からこそげ落とし、中央に捨てるような挙動だ。

「成程。これで中央の穴に落とされるわけね？」

そしてそれを回避しようと急げば、今度は折れる階段の落とし穴が怖い。なんと愉快な組み合わせだろう、とアイディは鼻歌交じりに階段を降りて行った。

「中央は針山。……これなら、飛び降りたほうが早かったかしら」

と言いつつ、ダンジョンを堪能してしっかり階段を降り切ったアイディは、一休み——

『——ッ！　——ッ！』

「あははっ！　そうね！　休んでる暇なんてないわね！　——うぇぷ、嗚呼、気持ち悪いわ——あははは！」

アイディは多少ふらつきながら『声』に従って更に奥を目指す。さてさて『声』の嗅覚を信じるならばコアはまだまだ奥だろう。扉を開ければ、今度は石畳で整った通路が現れた。

「ふむ」

罠をそこそこ警戒しつつ、石畳をコツコツと歩く。途中、なんとなく扉を開けると、そこには剣が飾られていた。

「あら。強欲の罠の所と同じ魔剣ね」

となれば、あの魔剣を手に入れる際にまた罠があってもおかしくはない。それだけ確認して、部屋には入らず『声』の感じるままに進んでいく。隣の部屋、その隣の部屋と部屋に入らず覗くだけで確認だけしてみるが、同じような造りの部屋が並んでいた。これくらいであれば『声』もさほど大きな声を出さない。

「部屋の中にモンスターが居て不意打ちされたら面倒でしょう？　だから確認するのよ」

と言い訳してやったのが良かったのだろう。

「それにしても面白みのない部屋だけれど、ニンゲン達にはお宝になるのかしら。魔剣だものね。私には要らないけれど」

そう思いつつ角を曲がると、そこにはチョコココロネが居た。

「……！」

走って逃げるチョコココロネ――訂正しよう。透明な薄い袋に入ったチョコココロネを箱に入れて担ぐネズミが居た。アイディは思わずネズミの逃げた方向へと足を向ける。

『――!!　――!!』

「はいはい、それはさておきチョココロネよ」

アイディは『声』を完全に無視してネズミを追いかける。

「あらあら、どこへ行こうというのかしら？」

再びちらりと映るチョココロネ。まるでチョコロネが捕まえて欲しそうにしている。

「あら。あらあら。これは捕まえなければ失礼というものよね」

間違いなく、これはアイディを、アイディだけを狙った誘いである。ロクコの仕業に違いない。こんな風に愉快な追いかけっこに誘われては、アイディは乗らざるを得ない。

『――！　――!!』

「煩いわ、見失ったら如何してくれる気かしら」

アイディは『声』に文句を言いつつチョココロネを追った。『声』は、その嗅覚でダンジョンの奥は右だと告げるが、無視して左へ。何故ならそちらにチョココロネ。

「あらあら、どこに行こうというのかしら？　ネズミ風情が生意気ね」

『――！　ツッツ！』

「えっぷ。邪魔しないで。私は今、チョココロネを追いかけてるのよ？　食糧がなければ兵は戦えないのよ？　私には関係ないけれど」

アイディは、気分が悪くなるのも気にせずに、逃げるチョココロネを追いかけた。

そうして追いかけていると、遂にチョココロネがネズミの背中から落ちた。

「念願の、チョココロネを手に入れたわ！」

袋を開け、チョココロネを取り出す。あーん、もぐもぐ。

「やはりチョココロネは至高ね。留学から帰ってからも作れればいいのだけれど」

『――!!　――!!　――!!』

と、頭の中にガンガンと声が響く。

「あははは!!　理解(わか)ってるわよ、さっさと奥に行きましょう。こんなところで時間を潰している暇はないわ！」

さて少し遊び過ぎた、チョココロネの先っぽを口の中に押し込んで、アイディは改めてダンジョンの奥を目指した。

ロクコ Side

アイディが倉庫エリアを歩いている。このまま行けば、その先は先日作ったばかりの謎解きエリアを挟んで闘技場(コロシアム)エリアだ。そしてボス部屋、コアルームに続いている。的確にダンジョンの奥に向かっていた。ボス部屋の先のコアルームに置いてあるのはダミーコアだが、この様子ではそこにある隠し通路も見つけられてしまうかもしれない。

「いっそ『フェニの箱庭』に行ってくれればとも思ったんだけれど……いや駄目ね」

そのまま『火焔窟(かえんくつ)』まで行かれたら監視可能な範囲から離れてしまう。ハクに内緒、というからにはできるだけ他のコアにも知られたくはないし、今動けないレドラとイグニに協力を求めるのもできないことだ。

「ていうかアイディの言動が一々おかしいわ。……誰かと喋(しゃべ)ってるのかと思ったら、急に笑い出したり……」

やはり、洗脳されているということか。たまに正気に戻っているようだけど。

「ケーマ、結構時間は稼いだけど、そっちは？」

私はチョココロネを運んでいたネズミを逃がしつつ、ケーマに尋ねた。

「ああ。こっちもいい方法を思いついた。が、上手(うま)くいくかはちょっと賭けだ」

さすが私のケーマ。……というか、自分で頼んでおいてなんだが、よくもまぁ思いつくものだと感心する。

「一応聞いておくけど、どんな手段？」

「シンプルに埋めてやろうと思う。つまり、『いしのなかにいる』だ」

作戦名(コードネーム)『いしのなかにいる』——以前に勇者スズキを倒した際に使った、壁の修復に巻き込んで埋め込むというシンプルに拘束する作戦だ。侵入者が居ると壁を作れないが、壁の修理だけは例外。その仕様を利用するものだ。

「アイディが勇者並みに厄介だというなら、実際に勇者に通じた作戦を使えばいい。もっとも、スズキよりもアイディの方が強敵だと断言できるけど」

「全くね」

呼吸が不要なダンジョンコアであるアイディだ。埋めたところで死にはしない。

「……ただ、問題があってな」

全身埋めきっちゃうと、掘り出すまでに手遅れになる可能性がある。それだけはどうにかしないといけない点だった。

「上手いこと、誘導しないとダメってことね」

「そこは、ロクコの力を借りることになるだろうな」

「分かったわ。私の我儘でもあるもの、何でもしてあげる。『神の毛布』持ってく？」

「いや、それは最後の最後にコアに被せて最終防衛に使おう、とっといてくれ」

その場合、ダンジョンが攻略不能となり機能不全になるが、死ぬよりはマシだろう。

「とにかく壁を掘らなきゃならんから少し時間がかかる。時間稼ぎを頼むぞ」

「頼まれてあげる。その間に用意して頂戴」

「じゃあボス部屋まで送ってくれ。時間はどのくらい稼げそうだ？」

「謎解きエリアがあるけど――あっ」

上手くすればしばらくは足止めできたであろう謎解きの門。それがアイディの必殺技、【クリムゾンロード】で物理的に吹き飛ばされてしまった。……前にも似たようなことがあったので正直ここでの足止めは期待していなかったけど。ゴーレム製の謎解きの門は、物理ゴリ押し系の相手と相性がひたすらに悪すぎる。けれど、逆にここで【クリムゾンロード】の手札を切らせただけ成果があった、と考えておこう。

「……レイ達に時間稼ぎをさせるわ。仕込みの手伝いにはニクとイチカを使って頂戴。なるべく急いでね」

「了解」

ケーマと、ニクとイチカをボス部屋へと送る。そして、もう一組。

「……レイ、キヌエ、ネルネ。出番よ」

「かしこまりました、ロクコ様」

私の呼びかけに、代表してレイが応えた。

「それでは、この身に代えましても、足止めしてまいります」

「ケーマの準備ができるまでで良いわ。なるべく死なないで」

「御意に」

レイの返事を聞いて、私は3人を闘技場に『配置』する。

レイ、そして闘技場。アイディは以前この闘技場エリアでレイ達の演じる『吸血鬼』に敗れたことがある。だからきっとアイディの意識を大いに刺激して、たっぷり時間を稼いでくれる……といいなぁ。

「これでケーマが間に合わなかったら、アイディの意識を刺激するには……いよいよ私が出るしかないかしらね？」

そんなことをぼやきつつ、私は闘技場をモニターに映し、レイ達が突破されたらすぐにケーマに伝えられるよう身構えた。

アイディ　Side

「全く、私は天才ね。我ながら褒め称えられるべきだわ」

『──、──』

「ええ、ええ。そうやって大人しく褒め称えてくれるなら、私も文句ないのだけれど」

謎解きの門で、アイディはとても冴えていた。問題文を読んだ結果、良く分からなかったのでこれは破壊前提の扉と見抜き、破壊したのだ。

決して、解答を間違えて馬鹿にする『声』に苛立ちぶっ放したわけではない。

……実際破壊し、こんがり灼きあげてやったら通過できたので問題ない。1日に1発しか使えない【クリムゾンロード】を使ってしまったが全く問題ない。『声』も奥へ行けとしか言っていないし一切問題ない。

かくして謎解きの門は破壊され、道ができた。アイディは奥へと進む。

通路の先に見える広い空間、それを見たアイディは思わず跳ねて歩きたくなった。それは、とても見覚えのある施設だからだ。当然、その施設における一般的な用途による妨害が予測される。

通り抜けると、そこは想像通りかつて辛酸をなめさせられた場所。そして目の前には、その場所で会いたくてたまらなかった意中の相手がいた。

「ああ、吸血鬼(レイ)！　逢(あ)いたかったわ、ふふふ」

「お待ちしておりました、アイディ様。ここからは私がお相手いたしましょう」

……と、そう挨拶してからレイは「ふむ」と考える。

「失礼、少し違いますね。『これより奥には行かせない……ダンジョンはこの私、レイが守ります！』」

「！……『名前持ち(ネームド)吸血鬼』、ね。期待できそうだわ……さぁ、遊びましょうか！』」

言い直したそれに、アイディはすぐさま気付いて言葉を返す。それは、初めての邂逅(かいこう)におけるやり取り。お互い、よく覚えていたものだとアイディは嬉(うれ)しくなった。

レイが右腕を振るうと、いくつかの火の玉が現れる。これもあの時の再演、アイディは生身ではあるが、早く倒して奥へ行けと喚(わめ)く『声』を無視してそれに付き合う。ただし、火の玉の挙動は前よりもさらに複雑になっていた。直線、曲線、螺旋(らせん)に放物線。もちろんアイディ本人に迫る誘導弾もある。

しかしアイディは避けない。何故なら、殺気を感じなかった。つまりそれは幻影だから

──と、思っていた。が、火からちりっと熱を感じ、炎の魔剣で火を振り払った。

「おや？　避けてくださらないと再現にならないではないですか」

「ふふっ、今のは本物の火だったわ？　ロクコのマスターから習ったの？」

「ええ、何分、私どものマスターは優秀な魔法使いですので。はぁ、私が本当に強くなったことがアイディ様にバレてしまいました」

殺気のない攻撃ではあった。しかし、それはアイディに火が効くとは思っていないのだろう。そして、魔法詠唱も聞こえなかった。それもケーマから習ったのだろう。

まったく、魔国から帰還して3週間。その間に詠唱隠しをここまで完璧に教え込むとは何て優秀な教師と生徒か。


「次は氷かしら？」

「ええ。……アイディ様におかれましては、もう帰っていただければ幸いなのですが」

「それはできないわ。ダンジョンを壊さないといけないもの？」

ふわりと浮かんで見下ろすレイに、アイディは魔剣の切っ先を向けた。

「では、私も我が家を守らねばいけません」

「ああ、なんて愛おしい。殺したいわ」

「魔国の方の考えは分かりかねますね……！」

レイはアイディに手を向け、氷の礫を飛ばす。火の玉よりも直線的。速度もある。そして何より、殺気が籠っている。アイディはしゃがんで初撃を避け、その流れを前方へ向け刺突する姿勢で飛び出した。

「殺……ッ、てないわね」

しかし魔剣は、アイディはレイの身体を手応えなくすり抜けた。姿を消し、アイディから離れた場所に再出現するレイ。

「ふふ、炎の魔剣で切れない吸血鬼だなんて。とっても素敵よ」

「普通に死ぬかと思いましたよ？　手加減を希望します」

「それはできないわ。私は前回レイに負けているのだから、今度は私が勝つ番よ？」

「では、また負けてください」

会話しながらもレイが氷の礫を浴びせかける。側転し、手で跳ねて躱す。魔剣をレイに投げつけると、レイの身体が部分的に霧になって魔剣を素通りさせた。そして、何事もなかったかのように攻撃を続ける。アイディも、魔剣を一度消し再び手元に出す。

「嗚呼、素敵よレイ」

「そういえば思い出したのですが、以前は別に1対1ではなかったと思うのですが」

「あら、そうだったかしら？」

「ええ。ガーゴイルとかも居ましたよ？」

「見えなかったから気にしなくていいわ」

アイディにとって、いや多くの魔国人にとって、一撃で倒せる程度の召喚系モンスターは茶々や野次、障害物と変わらない。肝心なのは相対する相手なのだ。

　レイの魔法攻撃の中に、殺気の籠っているものと籠っていないものが混じる。それは魔法攻撃と同時に幻術のスキルを使っているのだろう。さらに霧化も。まったく愛おしくて討伐したくなってしまう吸血鬼だ。

「やれやれ、私の攻撃が全然当たらないではないですか。これなら最初にしっかり当ててしまえばよかったです」

「そうね。最初だけは油断してたもの。けれど、レイは本当に強くなったわね」

「……私、ニク先輩よりも弱いのですけどね」

「相性かしらね……けれど、子犬がどうすればレイに勝てるのかしら？」

はて、と首を傾げる。

「そういえば――帝国には先輩の顔を立てる、という奇妙な文化があったかしら。本気で戦えば、レイが勝つのでなくて？」

「さて、どうでしょうね」

　あるいは『普段であれば』と条件が付くのかもしれないとアイディは思い至った。レイは人目がある場所ではその能力を使うわけにはいかないのだから。

「……そろそろ、アレを使いますか」

「アレ？」

レイは、指を鳴らす。すると黒い球が現れた。その大きさは10m。光を通さない、完全なる黒。まるで平面にすら感じる黒い塊。前回の最後、レイが止めに使った魔法——幻術である。

「あら！　何と言ったかしら。黒い、えーと。漆黒の黒い球？」

「……【漆黒の太陽】です」

「ええ、そう。そう言ったじゃない。ちゃんと覚えていたわよ？」

くすくす笑うアイディ。その太陽のように揺らめく黒い塊を見て、アイディは構えずに待つ。

「『これを幻と思うなら食らってみるがいい！　その黒い鎧を剝ぎ取って、皿に飾り付けて食らってあげましょう！』……鎧ではないですけれど！」

「ええ、鎧ではないけれど——『できるのかしら？　その案山子みたいな虚仮脅しで』」

「『せいぜいあの世で後悔するといい——【漆黒の太陽】！』」

想い出の再演をしつつ、黒い塊がアイディに投げつけられる。アイディは避けない。この黒い太陽は幻術だと確信していた。殺意がない。そしてなにより、アイディの矜持にかけてこれを避けるわけにはいかなかった。『声』がいかに叫ぼうと、捻じ伏せる。

「嗚呼。ここからね……！」

アイディは目を閉じた。感覚を切り替える。

「対策してないわけが、ないでしょう？」

そう。既に対策済みである。言ってしまえば、以前564番コアのダンジョンをケーマ達と共に攻略した時点ではとっくに対策していた。具体的には、暗闇の中でも視通せる眼を手に入れていた。

眼の感覚を切り替えれば、それはやはり見掛け倒しのひたすらに黒いだけの空間のようで。しかし、術者であるはずのレイの姿が見えず、アイディは首を傾げた。

「あら？　レイ……消えた？」

キョロキョロと辺りを見回すも、闘技場の場にレイの姿はない。

「……ああ、そういえば吸血鬼なのだから、霧になったのかしら」

と、見当をつける。前回はここでなにかとの合わせ技で決着がつけられたが、今回はそうはならない。アイディは――普通に闇を見切っていた。そして、レイの出方を待った。

……

…………

「何も、なし？」

こてり、と首を傾げる。それほどにあからさまな隙を見せているにもかかわらず、レイからは何のアプローチもなかった。

「まさか、此のようなことをされるとは……ね」

ふぅ、と良い所で消えたレイに対し、溜息をつく。『声』はいい加減奥に行けと頭を殴る程に煩い。仕方ない。不貞腐れてダンジョンの奥へと足を向けると――

「――ロクコ？」

その姿に、一瞬スッと『声』が消えた。

「……ずっと動かないから、もう諦めたのかと思ったわ？」

闘技場の出口には、ロクコが立っていた。『声』が攻撃しろと叫ぶ。どうやら、『声』もロクコがダンジョンコアであるとしっかり認識しているようだ。そもそもが、村長邸でロクコに斬りかかった時からそうであったが。

「ああ、アイディ。レイは引っ込めさせてもらったわよ」

その一言に、すぅっとアイディの熱が引いていく。

「……どうして？　折角、凄く楽しい所だったのに」

「決まってるじゃないのアイディ」

次に口を開いたら、『声』に従い殺そうか。と、アイディは魔剣を取り出した。

「アイディが私の獲物だからよ？……さぁ、決闘しましょう？」

攻撃しようとする右腕を左腕で押さえた。ロクコを見つめる。自分の感覚でも、『声』の嗅覚でも目の前のロクコは本物であると告げている。幻覚ではない。

「へぇ。ロクコが？　私と？　決闘！」

「ええ、決闘よ。私と」

落ち込んだ気持ちが一転し、高揚する。

親友との決闘。それはアイディが望むことである。それも、アイディからの申し込みではなく、なんと、ロクコからの！　こんなもの両想いだ、受けないわけがない。

「だから、レイには遠慮してもらったわ。理由は分かるわね？」

「ふふっ、全くロクコったら。仇敵（しんゆう）の私が殺（と）られると嫉妬してくれたの？　嬉しいわ。許してあげる。嬉しいわ」

アイディにはそれしか考えられなかった。レイには負けたことがあったからだ。あの時に決着を決めた黒い力場の攻撃手段があればアイディだってタダでは済まない。ロクコが自分の決闘する相手の損耗を気にするのは当然のこと。魔国の常識に当てはめて、アイディは上機嫌になった。

――まさしくこれは、「自分が殺す前に殺されるんじゃない」と親友に命を救われ、その後に命を懸けた決闘を行う、そんな魔国で大人気の歌劇のエピソードである。……219番コアには受け入れられなかったが、ロクコは覚えていてくれたのか。……なんてロマンチック！

「本当に、本当に嬉しいわ。全力を尽くすわね」

「一応言っておくけど、私は殺すつもりも殺されるつもりもないから、手加減して頂戴」

「其れは同意しかねるわ」

なにせ、今のアイディはダンジョンを破壊するためにここに居るのだから。

「……お手柔らかにね」

ロクコから少しだけげんなりした空気を感じたが、気のせいだろう。

「ところでアイディ。そのブローチ、気持ち悪いから外して？」

「ああこれ？　外れないのよ。気持ち悪いでしょ」

ふふ、と笑みを浮かべるアイディに、ロクコはハァとため息を吐いた。

「では早速、闘技場で――」

「ねぇアイディ。ひとつ提案があるの」

「何かしら、ロクコ」

「この先に、ボス部屋があるの」

「ボス部屋……」

「そうよ、ダンジョンである私達に相応しい決闘の場じゃないかしら」

アイディは胸の高鳴るのを感じた。なぜなら、ダンジョンにおけるボス部屋とは、どう足掻いても、どう転んでも、決闘、そして決戦の場所である。闘技場は人気のデートスポットであるが、それは魔国の一般人における常識。ダンジョンコアであれば？

「私達が決着をつけるなら、ボス部屋でしょう？」

「道理ね！」

　アイディは喜んでロクコの提案に応じることにした。

　ロクコに付き従い、ボス部屋へと向かう。豪奢（ごうしゃ）な、ダンジョンボスの部屋に相応しい重厚な扉がそこにあった。

「それじゃあ、私が先に入るから1分だけ待ってから入ってきてよね」

「あら？　私は今すぐにでも決闘できるわよ？」

　ロクコは、一足先にボス部屋の扉を少し開け、1人でするりと入っていく。アイディもついていこうとしたが、手のひらを向けられ止まる。

「何言ってるのよ。折角ダンジョンボスの部屋なのに、仲良くお手手つないで入りましょうなんて冷めたこと言わないで？」

「ああ！　全くもってロクコの言う通りだわ！　御免なさい、私が間違っていたわ」

　アイディは逸（はや）る気持ちと『声』を抑え、ぐっと堪（こら）え、我慢に我慢を重ね、扉の前で待つことにした。

「そうね、入ってくるときは勢いよく飛び込んだりしないでね。私、じっくりと向かい合って、それから決闘したいのよ。ケーマの世界の流儀なんだって」

「それも良いわね！」

ロクコの提案に頷く。そして、アイディはロクコが扉を閉めてからじっくり1分、待った。魔剣を出したり、瞑想して心を鎮めたり、魔王流の型を確認したりして、アイディはきっちり1分待ってボス部屋の扉に向き合う。ボス戦の前の準備運動であるためか『声』も黙っていた。そして、再度メニュー機能を開いて間違いなく1分であることを確認。

いざ、心躍る決闘へ——

——そこは、扉の大きさに比べてとても小さな小部屋だった。ダンジョンの定義で言うのであれば、岩肌むき出しの小部屋（200P）といったところか。そこでロクコは、反対側の扉を守るように立っていた。

「……ロクコ？」

「なあに、アイディ？」

アイディはロクコと対峙して、疑問をぶつけた。

「この部屋は、随分と狭くないかしら。なんでこんなに狭いのかしら？」

「狭い方が、剣を振り回しにくいでしょう？」

なるほど、とアイディは思った。自分に有利な環境を用意するのはボス側の権利だ。

「ロクコ？」

「なあに、アイディ？」

2つ目の疑問。

「その足元の2本の白い線はなにかしら？」

「ここに立って向かい合って、礼をするの。それが異世界流の流儀らしいわ」

なるほど、とアイディは思った。アイディはロクコが両手を体の横にそろえてお辞儀をするのを見て、確かにそれは異世界の挨拶であると、ロクコに読んでもらった本に書いてあった。

そして、いよいよ向かい合って。礼——

「……ねぇ、ロクコ」

「なあに、アイディ？」

「どうして私の身体が、壁に埋まっているのかしら？」

「ああ、獲物がダンジョンの罠に捕まった。それだけだよ」

礼をした瞬間に、アイディの下半身は両腕を巻き込んで埋まってしまった。ロクコは、そのマスターそっくりの笑いを浮かべ、鑿と金槌を取り出した。

ケーマ　Side

俺は、ロクコの姿のまま、アイディを見る。

礼をした次の瞬間、アイディは壁に埋まった。正確には上半身は壁の外に出ていた。

「完全に埋まったら胸元まで掘り進める予定ではあったが、大成功だな」

イチカに協力してもらって調整した甲斐があり、いい具合に肘から先、そして胸の下が壁に埋まり切ってる。まるで鹿のハンティングトロフィーのようだった。木製の盾に首から上の剝製が生えてる奴。

「ロクコ？　いえ、もしかして、ロクコのマスターの方だったのかしら？」

「そりゃそうだよ。俺がロクコを危険に晒すとでも思ったか？」

「言われてみれば、マスターより先にロクコを出す道理がないわね」

当然だ。ロクコが死んだら、連動して俺も死ぬもん。

「驚いたわ。完全に本物に見えたのに」

「勇者のスキルだからかな」

借り物でも、いわば神様の力。コアも騙せておかしくないだろう。

俺をじとりと睨むアイディ。

「……非道いわ。私、ロクコと決闘ができると聞いてとても嬉しかったのに」

「残念だったな。……じゃあ、敗者は大人しく従ってくれ。そのブローチを破壊する」

「……私は負けてないわ？」

「何言ってんだ。ダンジョンに戦いを挑んでこの有様。それはつまりウチのダンジョンに決闘を挑んで負けたってことだ、違うか？　そしてウチのダンジョンとはロクコのことだ。俺は間違ったことを言ってるか？」

「む……」

俺の詭弁にアイディは言葉を詰まらせ目を閉じる。俺がまだロクコの姿をしているのもあって、やはりロクコに負けたという気分は大きいだろう。

「あそこでレイを引っ込めたのも、作戦の内だったとでも？」

「盛大に肩透かしすれば、お前は間違いなくロクコとの決闘を受けるだろ？」

肩透かしが起きたのは時間稼ぎがギリギリになったという少し偶然なところもあるが、終わった後なら何とでもいえる。

「もし失敗していたらどうしたの？」

「……それを敗者に言う必要があるか？」

「そうね。実際にやって見せてもらう方が手っ取り早いわね？」

アイディが目を開いた。その目は、白目が黒く染まり、本来の赤い瞳が輝いていた。

「こんな石壁如きで、私を止められると思った？」

ぴし、みしっと壁にヒビが入る。ヤバい。俺は急いでアイディのブローチを破壊すべく鑿をアイディの胸元にあてがい――

「ふッ！」

アイディの上半身の動きだけで弾かれた。そして、壁も崩れ落ちる。

「ロクコ、修復急げ！　俺ごと埋めていい！」

「あははは！　遅いわ！」

壁に埋まる部屋――だが、アイディは壁が修復されるよりも早く廊下へ出ていた。くそ、逃げられた。俺は壁に埋まったが、すぐさまロクコに回収される。

「抜けられちゃったわね。……まずくない？」

「かなりまずいな」

あの外見からして、俺達では手が付けられない状態になってしまった可能性もある。これはまたGPを捧げてお願いするしか――と思ったらメールが来た。『まだ大丈夫だよ』って本当かよお父様。信じるぞ？　いや信じるしかないけど。

「しかし、ダンジョンの壁に埋めても足止めできないとはな。やっぱりスズキより強敵だよアイディは」

「今度こそ『神の毛布』持ってく？」

「いや、それは最終防衛に使おう、とっといてくれ」

ダンジョンが攻略不能となり機能不全になっても、死ぬよりはマシだ。

「ロクコ、俺をボス部屋に送ってくれ」

「……大丈夫？」

「なんとかする」

正直作戦はないに等しいが、そうするしかないだろう。一応『神のパジャマ』――見た目をロクコの服に変えていたものをいつものジャージに戻す。同時にロクコへの【超変身】も解除して、俺は元の姿に戻った。

「ケーマ」

「ん？　んむっ」

突然、ちゅう、と唇に、柔らかいモノが触れた。そして、ロクコの顔が離れる。

「……頼んだわ」

「……お、おう」

こんな時に。いや、こんな時だからか？　俺は恥ずかしさでロクコの顔から目を逸らしつつ、顔が熱くなるのを感じながらボス部屋へと送り込まれた。多分、今のロクコと同じくらい真っ赤な顔をしてるのだろう、俺は。

自分に【超変身】し直しつつ送り込まれたボス部屋で、黒い目をしたアイディは魔剣を片手に待っていた。

「あはっ、来たわねロクコのマスター。……ん？　顔が赤いわよ？」

「そりゃあ、まぁ、事情があるんだ。聞かないでくれ。できれば落ち着くまで少し待ってくれると嬉しい……」

「……まあいいけど」

ついでに親切にも俺が落ち着くのも待ってくれた。というか、そもそもがこの部屋で俺達が何かするのをわざわざ待ってくれていたようだが。

「粗末な扉だったけど、広さからしてこちらが本来のボス部屋、ということかしら？」

「ああ。少し瓦礫が散らかってるけど、気にしないでくれ。さっきの部屋を掘った残骸をこの部屋に運んで片付けてたんだ」

ここは元々ドラゴンゴーレムを運用するためにかなり広い部屋になっている。そして、扉が粗末なのは小部屋の方に付け替えていたからだな。また、部屋の中にはイチカが瓦礫を運ぶのに使っていたダイフレームも置きっぱなしだった。


「さっきのお誘いを思い出してね。ボス部屋って、決闘で、決戦じゃない？」

「そうだな」

「なら、ここでボス戦をするのはロクコと決闘すること。先程のロクコのマスターの言葉を借りると、そういうことになるわよね？」

「ま、そうだな」

俺は、瓦礫を運ぶのに使っていたダイフレームに乗り込みながら答える。

「それじゃあ、やろうか。ボス戦」

「ロクコのマスターがボスなの？」

「いつもは違うんだけどな。今日は特別だよ。ああ、もっとも――」

がしゃん、と天井の穴からニク達が操作するアイアンゴーレムが5体降ってきた。ボス部屋の援軍ギミックで、穴の先にスポーン付きの小部屋がある。

「——取り巻きはもちろん好きに使わせてもらう。ボスなんだから構わないだろ？」

「あはっ！　勿論、ボス戦だものね！」


ボス戦が始まった。

アイディ　Side

ケーマは、魔国でケーマ自身が開発に協力していたものと思われる乗り物——ダイフレームに乗っていた。とはいえ、特別性なのであろう。色々と見た目や色に違いが見られた。特に、その素材は恐るべきことにオリハルコンのように見える。

「うふふふ、そんなものどこで手に入れたの？」

「カッコいいだろ？　かかって来いよ」

ケーマがダイフレームの中で手招きすると、同時にダイフレームも手招きする。挙動に時間差を感じない。魔国でドワーフ達と作ったそれと比べて、遥かに高性能であることが見て取れた。

とはいえ、スカスカの枠組みであることは変わらない。装飾が鎧のようになっていても、薙ぎ払いが制限されるくらいで突きには無防備ともいえそうな程。アイディが冷静にダイフレームを分析していると、ケーマが動いた。

「来ないならこちらから行くぞ」

そう言って、取り巻きのアイアンゴーレムを掴む。と、それをアイディに向かって投げ飛ばしてきた。

「ッ！」

剛速球、アイディは咄嗟に地面を蹴りゴーレムを回避する。ゴーレムは投げられながらもアイディに手を伸ばしてきたので小さく避けていたら掴まれていた。壁に激突し、穴を開けながら沈黙するアイアンゴーレム。

「この程度じゃお気に召さないかな？」

ケーマは腕を薙ぐ。それに飛び乗り、勢いをつけて特攻してくるアイアンゴーレム達。アイディが炎の魔剣で道を切り開きつつ避ければ、さらに補充のゴーレムが降ってくる。連携の取れた動きだ。スポーンモンスターのゴーレムだろうが、相当慣れている者が操っているに違いない。

「そら、どんどんいくぞ」

瓦礫を掴み、まるで砂利を撒くかのようにアイディに投げつけてきた。で、当然のようにその腕を足場に飛んでくるアイアンゴーレム。アイディにとって、アイアンゴーレムは炎の魔剣をひと薙ぎすれば焼き切れるただの雑魚。しかし、投擲の礫として使われては話が変わってくる。

「でも、本体を叩けばいいだけの話……ッ！」

「【エレメンタルショット】」

正面からアイディが突っ込もうとすると光の魔法が飛んできた。咄嗟に魔力を込めた魔剣でガードするも、今のアイディですら痺れるほどの強い衝撃。力を抜けば穴が開いてしまいそうなほどだ。

「あははははっ！　良いわロクコのマスター、最高よ！」

「伊達に50番に鍛えられてない、ってな。手足の1、2本くらいは覚悟してくれ」

「5、6本くらいくれてあげるわ」

「お前には何本手足があるんだよ……ああ、その魔剣の話か」

アイディの本体は魔剣だが、アイディの手の中の魔剣は『写身』であり、本体と同じ性能ではあるが本体そのものではない。魔力の消費はあるので完全に無傷ではないが、折れても痛くもない。……もっとも、『写身』が折れるということは同じ性能の本体でも折られる状況に追い込まれるということ。魔剣型コアとして精神的ダメージはかなりのものだ。

「とても、良いわ。その隙だらけなのに隙がないダイフレーム。ロクコのマスターに最適な装備じゃないの。……そう、だから、50番様に教えたのね？」

「ああ、大正解だ。そうだ、魔国で流行りの武具だって言えば、俺が使っててもおかしくないからな！」

「別に1人だけが使っていても、誰も文句は言わないでしょうに。文句を言う相手が居たら、潰せば良いだけでしょう？――こんな風に！」

ゴーレムの特撃をすり抜け、再びアイディはケーマに迫る。今度は振りかぶって。

「斬撃？　だが、ダイフレームのオリハルコン装甲の前には――！」

するり、と、ダイフレームの腕をすり抜ける魔剣。

魔王流『幻』。当たる一瞬、『写身』の剣を消して敵の防御をすり抜ける技。

「殺った――!?」

しかし、その剣がケーマを斬るその瞬間、魔剣がケーマをすり抜け、ガキンとフレームの内側を叩く結果に終わる。

「はっ、ビックリしたけど、効かないんだよ！」

「！　そう、そういうこと！」

ダイフレームの拳が迫ってきたので距離を取り、アイディは何が起きたかを一瞬で理解した。要は、自分と同じことをケーマに、いや、ロクコにされたのである。確かに前のダンジョンバトルの際、ロクコにも『幻』を見せたことがあったが。

「ボスのくせに『回収』と『配置』で一瞬だけ部屋から逃げたというの？　あはっ！　あはははははは！　すぅ……あぁあああ！！！　大好きよロクコぉおおお！」

　素晴らしい技量。アイディはこれはケーマだけでなく、ロクコとの闘いでもあることを知り、歓喜の叫びをあげた。力が溢(あふ)れる。もっと、もっとだ！　指先から肘までが黒く染まるが構うものか！　アイディは黒い珠(たま)から力を吸い上げる。

　防御に『幻』を使われてしまっては、ケーマにダメージを与えることができず、一方的に攻撃をされるのみ。アイディはゴーレムの嵐を避けて頭を働かせる。ケーマの攻撃は基本的に遠距離。ゴーレムを投げつけること、それと魔法。しかしアイディの力量であれば、慣れてしまえば、避けるのも逸らすのもそう難しくはない。あとは流れ弾がただ壁を破壊するのみである。

　お互いに決め手がなくなってしまった？　否。『幻』の弱点は、それを駆使するアイディがとても良く知っていることだ。既に物体がある場所には、出すことができない。それはダンジョンの『配置』も同様だと、これもアイディはコア故に知っている。

　であれば、すり抜けた後、突き刺した形のままにすれば、ケーマは戻ってこれない。

「倒しきれはしないけれど——ボス部屋からボスが消えるなら、私の勝利ぃいッ！」

　アイディはそう叫んで、ゴーレムの散弾を突き抜け、再度ケーマに向かう。

「く、そぉ！」

「当たら、ないぃぃいッ！」

ゴーレムだけでなく、壁の破片をも投げつけてくるケーマ。じりじりと追い詰めるように距離を詰め、ケーマは遂に壁際まで追い込まれる。素早さで押すことはしない。何度でも同じことができると見せる方が、勝負の決め手としては逆に手っ取り早い。

「しまッ…」

「詰み、よッ！」

壁に背を付けたダイフレームに取りつき、ケーマに向かって剣を突き刺す。その瞬間、ケーマは消えた。

「勝ッ――」

その瞬間。操縦者の消えたダイフレームがそのコックピットにアイディを押し込めるようにして捕まえ、１８０度回転。そして――

「な」

――何が起きたのかといえば、再び、アイディの下半身は壁に埋まっていた。

「にが、」

それも、ダイフレームに押さえつけられ、より逃げられない形で。

「ああ……」

「さて、お嬢様。湯加減——いや、壁加減はいかがですかな?」

「……ええ、少しひんやりしてて、中々悪くないわね」

そして、向かされた正面には、ニヤリと笑みを浮かべるケーマが立っていた。

ケーマ Side

「さて、お嬢様。湯加減——いや、壁加減はいかがですかな?」

「……ええ、少しひんやりしてて、中々悪くないわね」

そう言って身じろぎするアイディだが、今度は石壁だけじゃない。オリハルコンメッキを施したダイフレームがその身体(からだ)を押さえている。まったく、これでダメならお手上げだったぞ。

「今度は壊せないかな?」

「……ッ……く、そうね」

作戦名(コードネーム)『いしのなかにいる』第2弾。鉄筋コンクリートならぬ、オリハルコン筋ダンジョンの壁……語呂が悪すぎるな。オリハルコンもメッキくらいにしか使ってないし。

俺は余計なことをされる前にと鑿(のみ)をアイディの胸元のブローチの黒い宝石に当てがった。

ダイフレーム——を、遠隔で操るレイに調整してもらっただけあって、今度は胸を突き出すような形で、頭と胸以外が上手く壁に埋まっている。半分埋まったダイフレームが足場になるので、少し高い位置だが支障もない。

「……はぁ。一思いに止めを刺してくださる？　さっきから『声』の断末魔が煩くて堪らないの」

「さて、不器用なもんでな」

俺は金槌を振り下ろす。石材を削って彫刻するかのように。丑の刻参りで藁人形に五寸釘を打ち立てるかのように。吸血鬼の心臓に白樺の杭を打ち込むかのように。

「気持ちよく負けてしまったわ。ゴーレムを投げたのも、之を狙ってたのね」

「ああ。そういうことだ」

作戦第2弾でやったことは単純だ。壁を壊して、ダイフレームで拘束して、埋め込んで完璧に押さえつけた。ちなみにダイフレームを操縦していたのは途中から天井に潜んでいたレイで、ダイフレーム内にいる俺もレイの【幻影】スキルによる偽物。俺自身は、たまにレイの【幻影】に重なるように『設置』してもらって、アイディに向かって【エレメンタルショット】を撃ち壁を壊すだけ。ゴーレム投擲もあったから俺が壁を壊す必要もなかったかもしれないけどな。

途中、【幻影】を斬られて一瞬捕まえそこなったけど、アイディが勘違いしてくれて助かった。その後のアイディの作戦も分かったから、いい具合に誘導できたしな。

で、最後はロクコが壁に埋めておしまいだ。無論、マスタールームからアイアンゴーレムを動かしてくれたニクやイチカ、キヌエさんやネルネ、エレカ達にも功績がある。

……何回か金槌を振り下ろしたところでピシリと手応えを感じた。これならあと1発で割れるだろう、思ったより硬かったなコイツ。

「ああ最後にひとつだけ聞いておきたいのだけれど」

「何だ？」

金槌を持ち上げた手を止め、聞いてやる。アイディは黒い目でにっこり笑った。

「私、ちゃんと操られているように見えてたかしら？」

……聞かなきゃよかった。アイディが素で襲ってきた可能性を残しやがった。

「そういう回答に困る質問はしないでくれ」

「うふっ」

俺は金槌を振り下ろした。かつん。びしっ！　ぱりん！

黒い宝石は完全にひび割れ、力を失ったかのように灰色になり、粉々に崩れ去った。

◆エピローグ

Dungeon master wants to sleep now and forever...

「あれー？　何かありましたかにゃ？」

くんかくんか、と俺の執務室で鼻を鳴らしてニオイを嗅いでくるミーシャ。

「ああ、ちょっとアイディに振り回されて大変だったんだよ。パヴェーラの犯罪組織潰してきた。それもこれもミーシャがアイディの相手をしてくれないからだ」

「それは言い掛かりですにゃ、私の仕事はロクコ様の護衛と、暗殺者への対応。アイディ様の子守りは入ってませんにゃー」

うん、今回の件ではそのロクコの護衛の部分もすっぽかしていたことになるんだが。まぁ、ロクコがハクさんには内緒のままで、というので黙っておく。この失態がバレたらミーシャも厳罰が下されそうなので、お互いの為(ため)にもなかったことにするのがハッピーというものだ。

「で、私を呼び出したのは何の用なんです？」

「うん。実はパヴェーラの犯罪組織を壊滅させてきたときに、人工ダンジョンがあった」

それで、アイディがコアを潰したが、層が浅く、造りも単純だったから丸々と跡地が残っているらしいとミーシャに説明する。

「なんと！　どうせならその人工コアも残しておいて欲しかったですが、それはお手柄ですね。いやぁ、あの魔国の暴れん坊もたまには役に立つんですにゃぁ」

「そんなわけで、ミーシャもチェックしておいてくれ、ハクさんへの報告は任せた。場所についてはパヴェーラ側に伝えてあるからそっちで確認してくれ」

「あいさ、ご協力ありがとうございますケーマさん！」

ビシッと敬礼して、ミーシャは執務室から出て行った。……アイディが操られて大暴れしたことは一切言っていないが、嘘も言っていない。いい仕事をしたな。アイディとも口裏は合わせ済みで、「大変だったわ」「コアは危ないと思ったから壊したわ」「黒い煙が出て、危なかったわ」「とても大変だったの」と回答する手筈だ。こちらからはそれを受けて「前に破壊した時は煙は出なかった。水没させておいたのが良かったのかも」くらいは追加で返す予定。


結局あの後、お父様から『もう心配ないよ、やったねケーマ君！』とメールが来て、アイディの無事も確認できた。ダイフレームごと壁に埋まったアイディをがんばってコツコツ削って掘り出そうとしたところ、アイディが魔剣に姿を変えてするりと抜け出てきたりした一面もあった。ダイフレームだけならロクコが回収できるので、もっと早く気付いてほしかった所存。

ついでにその時気付いたのだが、ＧＰも36ＧＰになっていた。アイディの相談をしたときに１Ｐ使って33になっていたはずなので、そこから３Ｐ稼いだことになる。基準が分からん。案外、ＧＰはお父様を喜ばせても入るポイントなのかも……心当たりがあり過ぎるな。

「ケーマ、入って良い？」

「入るわよ、村長」

ミーシャを見送ってしばらく後、ロクコとアイディが執務室にやってきた。

「しかし、人工ダンジョンってなんなんだろうな」

「え？　そりゃ、人工のダンジョンなんじゃないの？　名前の通り。ねえアイディ？」

「聖王国の、だったかしら？　本当に奇妙なダンジョンも有ったものね」

実際見てきたアイディ曰く、まるで何かの実験場か、或いは区画整理された畑のようなそんなダンジョンで、黒いダンジョンコアが奥の部屋に鎮座していたらしい。

「人工ダンジョンは聖王国では国外に持ち出せる程ありふれたものってことなのでしょう。少なくとも、帝国の犯罪組織が手に入れられるくらいには」

「どういう関係かは知らんけど、聖王国は本当に碌なことしないな……いや、実際ダンジョンで畑や鉱山を造れるんだからかなり有用なのは分かるんだが」

何にせよ、今後も関わり合いになりたくない。……けど、５６４番コアの左腕の件とか、レオナが暗躍してる可能性が高いんだよなぁ。否が応でも関わってきそうだ。

「564番の左腕に寄生してたアレみたいな感じがしたんだけど、実際どんな感じだったんだアイディ？」

「……ああ、もうあの黒いのの声が煩くて、意識自体はあったのだけれどロクコに剣を向けてしまったの。ねぇロクコ、あんな虫ケラに操られてしまった心弱い私を許してくれる？」

「アイディが逆らえない程って相当なんでしょうね……500番台の564番コアでも泡吹いて気絶してたくらいだし、いいわ。許す」

本当に乗っ取られていたのか怪しい点は残されているが。まぁ考えても仕方ない。

「あ、でも修理費は払ってよね。まったく、ダンジョンで散々暴れてくれちゃって！」

「全て人工ダンジョンとやらが悪いのよ。……勿論、払うわ。足りなかったら帰ってから、次の集会の時にでも」

慰謝料込みで盛大に吹っ掛けてやれよロクコ。

「ところで村長。レイと改めて決闘させて欲しいのだけど……思い出せば思い出すほど、あの終わり方では不満なのよ」

あの終わり方、というのは闘技場でのレイとの闘いだろう。その後の、ボス部屋の方ではレイの存在自体気付かれていないはずだ。言う必要もない。

「生憎、ウチの大事な幹部は仕事が忙しいんだ。良いようにしてやられたから負けだと思って納得してくれ。……というか、迷惑をかけたことを反省して自重するように」

「むぅ、其れを言われては仕方ないわ。確かに、此方が気付かなかったとはいえ、レイは目的の時間稼ぎを完璧に果たしたのだから、レイの勝利ね」

また勝てなかったわ、と言いつつもどこか嬉しそうな顔は、なんとなくワタルに似ているような気がした。

「ロクコ、勝者を称えに教会へ行きましょう」

「いいわよ、付き合ってあげるわ。ジャムパンでも持ってく？」

……同時に、ワタルに絡まれる俺を、アイディに絡まれるレイに置き換えた想像がついてしまった。俺は心の中でレイにご愁傷様と呟いた。

＊　＊　＊

アイディの残りの留学期間も終わり、アイディが帰還することになった。

来るときは4日程かかった道のりだが、帰りは俺の【収納】を使い『白の砂浜』経由で移動することで1日で帝都まで行けるのだ。『白の砂浜』に到着すると、既に迎えの馬車が着いていた。

「【収納】の中は精神修行にうってつけね。3日間この中で過ごした564番のこと、少しだけ見直してあげても良いかも」

アイディがそんなことを言っていた。……アイディがこう言うくらいだし、【収納】にロクコを入れるのは避けたほうが良いんだろうなぁ。

「今更だけど、忘れ物はない？」

「ええ。事前に確認済みよロクコ。……あらやだ、レイとの決着をつけ忘れていたわ？」

「まだそれ引っ張るのか？　潔（いさぎよ）くないぞ」

「くすくす、違うわ。決闘ではなく、ダイスを使ったゲームの話よ。案外、ああいう運試しの勝負も悪くないわね。ロクコがあれほど強敵とは思わなかったけれど」

晴れ晴れとした顔で笑うアイディに、自慢げにふふんと鼻を鳴らすロクコ。自由奔放なこの2人の相手をして、レイはさぞ疲れたことだろう。褒美として、しばらく休暇をくれてやるかな……

「収穫の多い留学だったわ。また遊びに来るわね、ロクコ」

「機会があればいつでも来なさい。歓迎するから」

別れの挨拶にハグする2人。その後アイディは馬車に乗り込み魔国へと帰っていった。

＊　＊　＊

　アイディを見送りダンジョンに戻る。と、そこは俺の執務室ではなくマスタールームであった。「あれ？」と思っていると、ロクコが後ろからむぎゅっと抱き着いてきた。どうやらロクコの仕業らしい。

「ん？　どうしたロクコ」

「んー、ここならこうしてても良いでしょ？　ミーシャに見られる心配もないわ」

　確かにそれもそうか、と俺はロクコの好きにさせることにする。マスタールーム勤務のエレカ達は、気を使ってこちらから視線を外しダンジョンの様子を映すモニターに集中し始めた。

「……ケーマ。ありがとうね」

「ん？　どうした急に」

「急じゃないわ。アイディのこと」

　ああ、と俺は頷く。

「ハク姉様に2人だけの秘密ができちゃったわね？」

「アイディを忘れてるぞ。3人だ」

「む、そうだったわ」

　肝心な本人を忘れるというのも中々できない芸当ではなかろうか。

「まぁ、ウチのダンジョンでは2人よ」

「ダンジョン単位で言ったらニクやイチカ、レイ達なんかも知ってるけどな」

「……むむ、そうだったわ」

関係者各位、口裏合わせ済みだ。どうしても無理そうというのであればサキュマちゃんの魅了で記憶を封じたりも考えたが、奴隷&ダンジョンモンスターということもあって何の問題もなさそうである。レドラやイグニに協力を求めていたらその点がちょっと大変だったかもしれない。


俺はマスタールームに置いてある座椅子のところまで歩き、ロクコと一緒に座った。

……ロクコは抱き着いたまま、もぞもぞと前に回って。なんか可愛かった。


「そういや、なんでレドラ達は暫く遊べなそうだって話だったんだ？」

まぁそれがあったから協力を求めなかったというのもあるけど。と、ふと気になって聞いてみた。

「ああ。排卵期とかいってたわ。何年かに一度あるんだって」

「……ドラゴンだもんなぁ」

数年に一度とか、ドラゴンの卵ってば相当にレアだな、と、非常にどうでもいい考えを振り払う。あ、そういえばウチのメンバーって女性ばかりだけど、月1の生理現象対策とかはどうなってんだろ。ロクコがこんなんだし、ニクはともかく……イチカが上手いことやってくれてるのかな？　一応今度それとなく確認しておくか……

「なんか、イグニが卵が作れると大人の女って言ってたけど」

「へー、そーなんだー」

「卵が作れるってことは、子供が作れるって意味だと思うのよね」

「おー、そーなのかー。そういうのはレドラに聞くといいぞ」

なんか藪をつついてしまった気がする。詳しく聞かれると困るので、そのあたりは他の人に丸投げしたい所存。特にドラゴンのことなのでレドラ以外に適任は居ないだろう。

「イグニは卵を温める訓練するんだって張り切ってたわ。本番でうっかり割らないように、赤ちゃんが入ってない卵で練習するんだって」

「へぇ、そういうことするんだドラゴンって」

またひとつドラゴンの生態を知ってしまった。

「ニンゲンはどういう練習するのかしら。ケーマ知ってる？」

ん？

「あとケーマは子供何人欲しい？」

「……なんか急に話が飛んだな？」

「あら。私達、夫婦っぽいことするって約束じゃなかった？　こういうのって凄く夫婦っぽい会話だと思うんだけど？」

ロクコが俺の顔を見て、ふふん、と笑う。そういえば魔国留学の終わりにそういう話をしていたっけな。いいだろう、望むところだ。

「夫婦っぽい会話だな、確かに。……あー、ろ、ロクコは何人くらい欲しかったり？」

「ん？　そうねー」

ヤバい。なんかこういう会話するの、ロクコから艶っぽく迫られるより恥ずかしい。世の中の夫婦ってどうなってんだ、今度イッテツに聞いてみるかな？　いや村人のオットー夫妻の方が適任だろうか。新婚だし。

「んー……んんー……」

俺はロクコが考えている間に心を整える。ふぅ、よし。さぁ何人だ答えてみろ！

「100……いや、200は欲しいわね！」

「待て待て待て、桁が違くないか？」

「え？　そう？　1年に1人なら100年で100人よ？」

こてりと首を傾げるロクコ。ああそうだ、こいつダンジョンコアだった。

「目指せお父様超え！ってのも良いわね！」

それ最低700人だね。というか、俺の寿命はすでに考慮されていないようだ。……そのために神の寝具集めてるからいいんだけどさ？　うん。

「うーん、俺は1人とか2人とかで良いと思うんだけどなぁって」

「えー、少ないわよ。そんなの、私がつまらないわ」

「いやイッテツとレドラを見てみろ。イグニ1人であんなに大変なんだぞ？」

「レドラも、イグニ以外に子供いるらしいわよ。何人いるかは知らないけど」

マジか。いや、100年単位で生きてるドラゴンなんだから何もおかしくないか。

「最終的に何人になるかはさておいて、とりあえずは1人ずつゆっくり育てるというのも良いと思うぞ？」

「一理あるわね。手がかからなくなったら次の子をー、って？」

計画的な無計画だ。ふむふむ、とロクコは頷いた。


とりあえず、手持無沙汰な俺はロクコの頭をポンポンと撫でてみる。

「ん。なぁに？」

「いや、こうやってスキンシップ取るのも夫婦っぽいかなって思って。あと今更だけどアイディの件での時間稼ぎが上手いことできてたなって褒めとこうかと」

俺がそう言うと、ロクコはにへら、と嬉しそうに頬を緩めた。

「……私はケーマの奥様なんだからあれくらいオチャノコサイサイってやつよ。もっと頼ってくれていいんだから」

「はいはい。頼りにしてますよっと」

「えへへ……もっと撫でて。……もっと私に触って？」

俺はロクコに求められるまま、撫で心地のいい金色の髪を撫でてやった。

「あ」

ふと、今回の騒動で、ロクコからキスされたことを思い出してしまった。

「どうしたのケーマ？　顔が赤……」

「あー、いや、その。……おい、顔赤いぞロクコ」

見ると、ロクコも同じことを思い出したのだろう。顔が赤くなっていった。

「ち、ちがうの。あの、その、あの時はね？　なんか、気持ちが昂って、その。つい、しちゃったのよ」

「何が違うか分からんけど、まぁ、その、ついなら仕方ないな」

なんというか、我ながら情けない返答だとは思う。

俺とロクコはもじもじと顔を合わせられずにお互い目を逸らし合った。それでも、離れることなく頭を撫でていたのは、まぁ、進歩と言えるのではないか？　だと思う。

「……あ、そういえば。１００ＧＰ集めて使えばお父様がハクさんを説得してくれるらしいぞ。今36ＧＰだから、あと3倍くらい貯めないとだな」

「……父様のこと悪く言うのはなんだけど、それ絶対ボッたくられてるわよ」

妥当な対価だと思うけどなぁ。だってハクさん相手だよ？

で、その後なんやかんやロクコの頭を撫でているうちに寝てしまったので、宿に戻ってからミーシャから「送り迎えにしてはだぁーいぶ時間がかかりましたにゃぁぁぁん？」と軽く尋問されることになったが、それはそれ。

EXエピソード　レイの休日

～絶対に働きたいオフトン教聖女様に長期休暇を与えたら～

「と、いうわけで。レイはアイディの世話を頑張ってくれたし、あの闘いで俺の【幻影】を作るなどの大活躍をしてくれた。その功績を称え、1週間の休暇を与える」

「……はっ、有難き幸せ……え？　休暇、ですか？」

「ああ。ロクコに調整してもらった。本当は1カ月くらいあげたかったんだが、教会の仕事もあって限度がな。でも1週間は休んでも大丈夫だぞ。アイディ関係で色々疲れただろうから、存分に羽を休めると良い」

「は、はい」

かくして、レイのご褒美休暇が始まった。


1日目。

「1週間も何をして過ごせというのか……」

レイは早速やることが何もないという現実に直面していた。とはいえ、オフトン教聖女でもあるレイが『お休みなのに休まない』などという不甲斐ないことはできない。ここはきっちり完璧に、オフトン教の見本になる程の休みを堪能するべきだ、と考えた。

……考えたところで、やることがないのには変わりはなかったが。

「とりあえず、普通の休暇シフトと考えて身体を休めておきますか……」

レイは、ごろりとオフトンに転がった。寝心地のいいこのオフトンは、オフトン教の象徴である。ケーマのジャージを用いた抱かれ枕も完備。まず初日、レイはこのようにして体を癒し、明日の仕事に備えた。

2日目。

「気力体力ばっちり！　さぁ今日も元気にお仕事――」

と、シスター服を着込んだところで、そういえば休暇だったということに気付くレイ。なんということか。これほどまでに充実した体調であるにもかかわらず、仕事がないなんて。

「あぁあ……し、仕事がしたいっ！　マスターのお役に立ちたい！」

基本的に、ダンジョンで生まれたレイは、ダンジョンそしてダンジョンマスターの為に生きている存在。そのマスターが休めと言う。ならば休まねばならないのだが、休めと言われると働きたくなってしまう。言われなかったら喜んで働いてしまう。それがレイという吸血鬼だった。

「というわけで、どう休んだらいいと思う？　ネルネ」

「えー？　それを私に聞きますかー？」

レイは自分が分からないのであれば仲間に聞いてみる作戦に出た。宿の受付に座って読書を嗜むネルネは、仲間内でも特に多趣味といえる。であれば、休日の過ごし方が一番充実しているに違いない。

「そうですねー……私ならー、魔法陣の研究とかー、魔道具の研究とかー、魔法の練習して過ごしますねー」

はて。とレイは思う。それはケーマに言われている仕事なのではなかろうか。

「あの。それは仕事では？」

「いえいえー、趣味ですよー？　たまたま個人的興味で調べたものが仕事でもつかえるだけでー、私のは趣味以外の何物でもないですよー？」

「でも」

「趣味ですー」

有無を言わせぬネルネの圧に、ぐむっと言葉を詰まらせる。そして、はっと気付く。

「つまり、趣味で仕事をする分には休暇ということですね！　やったあオフトン教聖典の翻訳してこよっと！」

「……それは『キュウジツシュッキン』というものではー？」

なんということか。否定されてしまった。しかも『キュウジツシュッキン』はオフトン教におけるタブーのひとつ。『フリカエキュウジツ』の禊を行わねば許されぬ所業。

「ぐぬぬ……なんとか、休みつつも仕事をする手段はないものでしょうか……」

「レイはー、なんか困ったさんですねー？　キヌエにも聞いてみたらどうですー？」

成程。キヌエだって仕事と趣味が掃除や料理。休日に掃除や料理をするのであれば、ネルネ以上に言い逃れできない仕事である。つまり、それを行うなら間違いなく何かしらの手段を講じているに違いない。


というわけで、レイは食堂の調理場へやってきた。

「で、どういう手口なのかしら」

「あらあら。人聞きの悪いことを言わないでくださいなレイ。私は休日にちゃんとお休みを頂いていますよ？」

「御託は良いから理論を教えてください。お願いします」

「……自分達の部屋を掃除するのは、休日でなければできませんよね」

ニッコリと笑うキヌエに、レイは雷に打たれた心地であった。確かに、キヌエは休日も掃除している。しかしそれは社員寮――レイやキヌエ達の住処である。

「まさか……そんな！　休日の為にあえて仕事を残しているということ!?」

「ふふふ。公私混同をしない、それだけですよ。オヤツを作るのも趣味ですからね」

「た、確かに！」

いつもキヌエは差し入れと称してニクやイチカやシルキーズ、そしてケーマやロクコにまでオヤツを渡したりしているが、まさか趣味で、趣味と言い張って休日に拵えた代物だったとは！

「しかし、それでは私はどうしたら良いのか……２人と違って私の仕事を趣味と言い張るのは厳しいですし」

「確かに教会の活動も、ダンジョンの活動も、宿の活動でもレイにとっては間違いなく仕事に相当しますね……うーん。ロクコ様に相談してみてはいかがでしょうか？」

きっといい知恵を授けてくれますよ、と、キヌエは仕事に戻った。……羨ましい。

レイはキヌエの助言に従ってロクコに相談することにした。

「というわけなんですが」

「レイ、あなた疲れてるのよ。しっかり休みなさい？」

正直に休みながら仕事をしたいと言ったら、ロクコに休めと言われてしまった。

「いや、ですから休もうにも何をしたらいいか思いつかなくてですね……」

「……もっと日頃から休暇を与えるべきだったかしら」

困ったモノね、と頬に手を当てるロクコ。

「何かしたいことはないの？」

「仕事が……したいです……」

「諦めたら？……まぁ、ケーマじゃあるまいし布団の中でゴロゴロしてるだけってのも辛いわよね。趣味はないの？」

「えーっと」

レイは考える。が、ここで思いつくようなら苦労はしないのである。

「それじゃあ、旅行に行くのはどうかしら？」

「旅行……」

「残り4、5日なら、まぁツィーアかパヴェーラかしら……あ、1人じゃ危ないわね、マイオドールと一緒にツィーアに行ってみるってのはどう？　なんならツィーアの教会で聖女してきても、趣味ってことで見逃してあげるわ」

「行きます！」

レイは勢いよく返事した。

「それじゃついでにボンオドール……ツィーアの領主様に手紙を届けてくれるかしら。それと宿の心配もしなくていいわ。聖女なら教会で寝泊まりできるでしょ」

なんと！　手紙を届ける仕事もさせてもらえるだなんて！　やはりロクコ様に相談して正解だったとレイの気持ちが明るくなった。

「マイオドールに言っといて貰える？　『明日ツィーアにレイを連れてって』って」

「かしこまりました！」

こうして、レイはツィーアに小旅行することにした。るんるん。

3日目。

レイは、マイオドールと共にツィーアへ向かう。その馬車は、何気に高級な箱馬車であった。物としては、ケーマ達が授爵のため帝都に行く際に借りた代物である。マイオドールは普段乗合馬車を使っているのだが、昨日レイから明日ツィーアに一緒に行きたい、領主様に手紙を届けるのだと話を受けてから即座に箱馬車を手配したのだ。当然レイにそのことは秘密である。いちいち言うようなことでもない。

「いやはや、同行していただき申し訳ありません、マイオドールさん」

「構いませんわ。オフトン教の信徒として、当然のことですもの」

にっこり笑うマイオドール。その視線は、こっそりとその腰に下げられた携帯クロスボウに向けられていた。ダンジョンドロップ品の武器だ。恐らく、護身用の武器なのだろうけれど、物々しさは隠しきれない。

「時に、領主様へ手紙を届けるとのことでしたが……いったいどのような手紙を？」

「さぁ？　私にはさっぱりわかりません。しかしロクコ様に頼まれた手紙です、この命にかえても届けさせて頂きます」

ふふん、と手紙をシワにならない程度に握りしめ、自慢げに微笑(ほほえ)むレイ。……一方マイオドールは聖女が命を懸けてでも届けなければいけない重要な書状である、と受け止めた。恐らく、神の寝具に関わる何かではないかと。

「責任重大ですわね……」

「はい！　そうですねマイオドールさん」

まぁ結局、命懸けに陥るような事態はなく、マイオドールが気を揉んだだけで無事にツィーアまで到着した。箱馬車は検問されることもなく、そのまま領主の館へと向かう。

「ん？　通行料とか払うんじゃありませんでしたっけ？」

「ああ、私の馬車なので特別です。領主の娘から通行料を取るのもおかしな話でしょう」

「あ、領主の娘さんでしたねそういえば。あれ？　ということはもしかしてこのまま領主様にお会いできるわけですか？」

マイオドールは、自分が領主の娘というのを忘れられていたのに若干の驚きを隠せなかったが、レイの『何か物足りない』という顔に質問を投げかける。

「そうですが、何か不都合でもございましたか？」

「ああいえ、手続きをしないと会えないような人かと思ったので」

「そうでしたか」

これでは言いつけられた仕事があっという間に終わってしまう。とレイは思ったが、レイも我儘で仕事を長引かせるほど子供ではない。大人しく箱馬車に揺られていく。一方マイオドールは「やはり何かあるのではないか」と再度警戒を強めたが、特に何もないので杞憂に終わった。

流れるように応接室に案内されると、そこではレイを待たせることもなくツィーア領主ボンオドールが待っていた。

「おお、聖女様。ようこそいらっしゃいました」

「ええと、領主様でしょうか？」

「はい。はは、お忍びでミサに顔を出させて頂いたりもしています。混乱させてしまいましたかな？」

単に顔を覚えておらずにこっそりマップを開き確認していたのだが、その仕草をボンオドールは好意的に普段ミサで見たことのある顔が領主だったと困惑しているのだと解釈した。

領主であると確認がとれ、キリッと恰好（かっこう）を付け直すレイ。

「領主様。こちら、ロクコ様からお預かりした手紙です」

「はっ、頂戴いたします。早速中身を改めさせていただいても？」

「どうぞ」

手紙を受け取ったボンオドールは、さっそくロクコからの手紙を読む。

「ほう」

……そこには『聖女があと4日程休みなので、ツィーアの白神教（はくしんきょう）教会に寝泊まりする許可をあげて欲しい』とだけ書かれていた。……ボンオドールはてっきり、神の寝具の貸し出しにまつわることについての話し合いか、ニク・クロイヌについての話があるものと思っていた。尚、これをロクコは特に深く考えず、知り合いの父親にちょっとお願いをするつもりで書いただけだったが。

「承りました。聖女様におかれましては、ツィーアの教会で寝泊まりされると」

「あ、はい」

「了解いたしました。手配しておきましょう」

特に隠された文言があるわけでもなし、ボンオドールは困惑しつつも、その内容に従って寝床を手配することにした。相手の意図が分からない以上は、文章通りに従っておくのが無難だろう。念のため、聖女の身の安全を守るよう部下に伝える。

「聖女様。早速教会に行かれますか？」

「え、あ、じゃあはい」

「かしこまりました。では馬車を」

レイが返事をしたときには既に手配が終わっていた。こうして、レイは領主邸からツィーアにある白神教教会へと快適に移動することになった。

「ほへー、ここが白神教教会……ハク様の分家的な？　とこなんですね。流石歴史ある教会というかなんというか」

立派に建てられた白神教の教会を見て、レイは「でもオフトン教教会も負けてないですね」と思った。身内の贔屓目というのもあるのだろう。そもそも総本山にあたるオフトン教の教会と地方の白神教教会を比べるのもどこか間違っているが。

「ようこそいらっしゃいました、オフトン教の聖女レイ様。お話は伺っております」

「あ、はい。えーと、あなたは？」

「はい。ジョージと申します。白神教の神父として、この教会を預かっております」

人のよさそうなお爺さんだ。と、レイは認識した。

「レイ様は大変美しい色の髪と目をしておられますね。さぞ白の女神様に気に入られていらっしゃるのでしょう」

「え？　金髪に碧眼ではなく？」

と、神父はレイの白銀の髪とルビーのような赤い目を褒め称える。そういえば、白の女神ことハクも白い髪と赤い目である。つまり白神教にとって、それは最上級の色の組み合わせ。それを『白の女神様に気に入られている』と称すのである。

「なるほど、そういう意味があるのですね」

「ええ、私もこの歳になってようやく白の女神様の覚えめでたき白い髪になりましたが、レイ様の髪はまこと美しく、羨ましい限りです」

神父はそう言って薄くなった自身の頭、その白髪を撫でた。そういう言い回しをするのなら、オフトン教ではロクコの金髪碧眼を愛されし象徴とかにするのも良いかもしれない、今度ケーマに提案してみよう、とレイは心のメモ帳に書きつけた。

「（ん？　これって……もしかして、趣味で仕事ができるというやつでは！）」

趣味かどうかはさておいて、レイは白神教では他にも面白い表現があったりしないかと気になった。

「神父さん、白神教について是非お話をお伺いしたいのですが！」

「ええ、ええ。構いませんよ。この老骨がお役に立てるなら」

ちなみに領主が護衛兼お手伝いを手配したため、人手が十分に足りていた。おかげでレイはその日の晩まで白神教の話をじっくり聞くことができた。


4日目。

「知らない天井……あいや、ここはツィーアの白神教教会でしたか」

朝日を浴びてよいしょと起きるレイ。健康的だとは思うが、吸血鬼としてはどうなのだろうか。ちなみにご飯も普通に食べるし鏡にも映る（ゴースト系の吸血鬼だと映らないらしい）、本当に人間と変わらない——ああいや。攻撃力0だった。慈愛の奇跡とかなんとか言われているが、マッサージくらいにしか使い道がない。

「はっ、そうだ。マッサージの特訓をするというのも良いかもしれません！」

そんな思い付きを、レイは早速昨日夜まで語り合って仲良くなった神父に相談してみることにした。

「なるほど。マッサージですか。……信者の按摩師にでも相談してみますかな？　私も腰が痛くなった時にお世話になるのです」

とっ走りしてもらい、按摩師を呼んだ。

元気に頼むレイに、神父は思わず嬉しくなる。早速、孤児院の子供にお駄賃をあげてひ

「ほっほ、とても良い眼だ……老人が若者の役に立てるのは喜ばしいこと。白神教の教えにもそうありますでな。喜んで協力させていただきます」

「是非お願いします！」

「なんだい神父様、元気そうじゃないか。あたしゃまた腰いわしたのかと思ったのに」

やってきたのは、ベテラン按摩師の老婆だった。

「で、こっちの別嬪さんは新しいシスターさんかい？」

「いやあ、今日は私の腰も大丈夫なんだけどね。あ、こちらオフトン教の聖女様。マッサージについて勉強したいとのことで、教えてやっとくれよ」

「ええ⁉　若い娘っ子がマッサージしてくれるってんでみぃんなオフトン教に行っちまってあたしらの商売あがったりだってのに、そこの聖女様にマッサージを教えろって？　ますます干上がっちまうよ、見とくれこの干からびた体を！」

と、老婆はシワだらけの手を見せる。中々に筋肉がついていて、下手な冒険者より強そうだった。

「えーっと、なんかすみません？」

「冗談だよ！　笑えなかったかい？　ハハハハ！」

とりあえず謝るレイに、老婆は快活な笑い声をあげた。

「マッサージね。喜んで教えさせてもらうよ。オフトン教の聖女様にマッサージを教えたとなりゃ、孫に自慢もできるってもんさ。ああ、干上がるとかはホント冗談だから気にしなくていいよ。あの村までマッサージされに行くやつなんて、些細なものさ」

よく分からないが、教えてもらえるらしい。

「よろしくお願いします！」

「おう、じゃ、神父様。揉まれておくれよ」

「あんまり痛くしないでおくれよ？　いや、腕がいいのは分かってるんだがね……」

「……で、ここをグッと押し込むと、痛いけど腰によく効くんだ。骨盤を揃える感じで」

「あだだだだ！」

「こうですか？」

「おふぅぅぅ……」

「……聖女様がやると本当に痛くないんだねぇ。はー、不思議なもんだ」

そんなこんなでレイは老婆からマッサージを習い、ついでにレイもシスターのサキュバス達から教わったマッサージを教える。

「で、背中のここらへんにツボがありまして。押すと気持ちいいんですよ」

「こうかい？」

「ひゅぁあああ!? え、ちょ、今の婆さんの方か?」

「ほー。こりゃすごい。今度使わせてもらうよ」

気が付けば、すっかり日も傾いていた。

「今日はありがとうございました。私までマッサージしてもらっちゃって」

「いやぁ、あたしの方も勉強させてもらっちまったしね! もしツィーアにオフトン教教会作るなら呼んどくれよ、シスター手伝いくらいさせてもらうからさ!」

按摩師の老婆と固く握手し、充実した一日を過ごせたことにレイは満足した。

尚、神父は揉み返しで動けなくなった。老婆の教えに少し力が入り過ぎたらしい。


5日目。

「知らない天井……あいや、昨日も見ましたね」

今日も今日とて朝日を浴びて起きるレイ。今日も実りある休日を過ごしたいものだが、何をしようか。

「そういえば、隣は孤児院でしたっけ?」

確かケーマのアドバイスでマイオドールがなにやら仕込みをしている、と、ツィーアへ来るときの馬車の中で聞いた記憶を思い出す。これは視察をしてケーマに報告すべきではなかろうかとレイは無駄に立ち上がった。

「ほぉ……よろしいんではないですかな? あ、私はもう少し休んでおきます。体調不良の時に無理をしない、これも白神教の教えにありますからな」

　オフトン教にも似た教えがある。神父はまだ揉み返しで満足に動けていないようでプルプルしていたため、レイは１人で孤児院を訪問した。

　そこでは、子供達に掛け算を教える光景があった。

「７×７は？」

「はい！　49！」

「正解。よくできたね。じゃあ次は――」

　なんということか。ニク程の小さな子供が平然と掛け算を……レイですら７の段とかたまに間違えるのに！　実際47だと思っていたのはレイの心の中だけの秘密だ。

　いや、なにせ宿の受付で必要な計算はケーマが開発したレジスターゴーレムが全て行ってくれる。なので、一度は覚えたはずだけど既に記憶の彼方だっただけだ。けして子供にレイが劣るということではない。決して劣るわけではない。ええ。レイの得意分野でないというだけである。

「……９×９は……81！　どうだ聖女さま！　すごいだろ！」

　元気を余らせたような少年が、レイに自慢げに言う。先ほど彼は１×１から９×９までをそらんじて見せたのだ。

「凄いですね……子供とは、ここまで優秀なのですか」

「ええ。教えてあげれば、意外とすんなり覚えてくれるもので。10歳で指算が使える子もいますよ。……いやはや、下手に勉強嫌いの貴族様よりもよほど優秀です」

と、解説してくれたのは先生を務めていたツィーアの商人である。既に孤児院からこの商人のところへ見習いとして引き取られた者もおり、とても助かっているとか。元々はゴレーヌ村村長、つまりケーマの発案とのこと。

「ゴレーヌ村と領主邸には足を向けて眠れませんよ」

「良い心がけですね」

とりあえずケーマを尊敬しているようだったので、レイはそう言って頷(うなず)いておいた。

「聖女さま、ミノやろうぜ！　ミノごっこ！」

ミノごっことは、全員がミノタウロスのように武器に見立てた棒を持って、背中を棒でタッチされたら負け、という遊びらしい。棒と言っても細い木の枝で、あまり危なくもない。遊びのようで、冒険者になるための訓練にもなる。

「私に戦いを挑みますか……いいでしょう、かかってきなさあひゃあ！」

あっさりと、背中をつつかれ変な声を上げてしまうレイ。

「弱っ……あっ、なんかその、ごめんなさい……」

「おっ、オフトン教の聖女さまは戦闘なんてしないんだよね！」

「ごめんなさい聖女さま！」

更に謝られてしまった。ぐぬぬ。

ちなみに「ゴレーヌ村から来た」と聞いていたために彼らの比較対象はニクで、レイが弱いと判断されても仕方ないことなのであるが、そんなことレイは知らなかった。ただ『欲望の洞窟』の幹部として、子供にまで弱いと判断されたままではいけないと考えた。

「く、こうなったら……オヤスミナサイ！」

とレイはケーマから預かった武器――クロスボウでなく、聖剣シエスタを抜いた。

「うわ、なにこれ眠い……ぐー」

「ここで寝たら暑いから木陰に……ん、よし。すやぁ……」

「ふぁぁ……オヤスミナサイ……」

眠気が広がる。レイは【気絶耐性】をオンにしていたのでなんとか眠らなかったが、子供達はうとうとと眠くなり、昼間の木陰に幸せな昼寝空間が展開されることになった。

「ふっ……私の勝利です……すやぁ」

全員を寝かしつけ、その背中にてしてしと木の枝をこすりつけたところで、レイもシエスタを仕舞って【気絶耐性】を切り、昼寝の仲間入りをした。

孤児院の視察に訪れ、シエスタの効果範囲外から見ていたマイオドールは、その幸せそうな昼寝姿を見て「あんなに慕われて……さすがオフトン教聖女様ですわね」と頷き、商人と孤児院の運営金についての話し合いを行った。商人の繋がりでぜひ協力させてくれとの話があるようで、お互い実りある商談ができた。孤児院の未来は安泰である。

6日目。

白神教の教会にて、片膝をついて胸の前で手を組みお祈りをするレイ。1週間の休日も明日で終わり。なんやかんや、充実した休みが過ごせたと思いつつ、レイは今日のうちにゴレーヌ村に戻ることにした。孤児院の子供から『また来てね』と手紙を貰い――文字も書けるのか凄いなと感心し――さすがにシエスタを持ち出したのは大人げなかったかと少し反省した。

「お世話になりました、神父様」

「ええ、またいつでもいらしてください」

すっかり体調も戻った神父に挨拶をして、レイはゴレーヌ村へと帰還した。その際当然のように偶然教会前を通りかかったマイオドールに同席し、乗り心地の良い箱馬車で帰ることとなった。

「聖女様、休暇はあと1日あると伺ったのですが？」

「おや。御存じでしたか？　ええまあ、そこは最後の1日で体を休めて、翌日からの仕事に改めて備えることこそオフトン教として推奨する姿ですから」

「なるほど、オフトン教を体現した、素晴らしい考えですね」

マイオドールに褒められ、レイはふふん、と鼻高々になった。その日は『踊る人形亭』の温泉に浸かり、キヌエによってきっちり清められた自室でぐっすりと眠った。

7日目。

「さて、明日から仕事です。早く明日になあれ、早く明日になあれ！」

レイはいよいよ仕事がしたくてたまらなかった。正直、オフトン教としてはあるまじき仕事中毒（ワーカーホリック）っぷりだが、それを指摘する同僚は居ない。いや、もしケーマかロクコが見ていたらもっと休暇をあげるべきかと検討しただろうか。

「そうだ、白神教の教会で聞いた話で、オフトン教の役に立ちそうなことを書き出しておくのもいいですね！　えーっと、紙、紙……」

レイは給料として配布されているＤＰ（ダンジョンポイント）を使い、紙を取り出した。経費という考えをすっかり忘れて自腹だが、レイ的にはダンジョンに対するお布施のようなものだ。オフトン教に積極的にお布施を払う信者達の気持ちがレイにはよく分かる。しかしレイ自身は聖女という立場から、オフトン教へのお布施や無料奉仕が許可されていないのだ。

「筆が乗ってきました！」

こうして結局7日目は宗教研究のレポート作成で終わったようなものであった。しかも、つい、徹夜で。なんか力が有り余っていたので。うっかり。

これが、レイに1週間の休暇を与えた場合の過ごし方であった。

おまけ・8日目（休日明け）

「レイ、目の下にクマができてるぞ。休め」

「ええ!?　もう1週間も休んだのに！」

こうして1週間休んだレイだったが、最終日から徹夜明けであったため体調不良とみなされ、碌（ろく）な仕事もできずに午後に休むことなった。しかも、レポートの紙とインク代を経費として受領されたうえで。

――仕事をするためにもしっかり休めというオフトン教の教えは正しい。聖女レイはそう語った。休日は計画的に。

◆ＥＸエピソード／ニクと異世界虫歯事情

ニクは、混乱の極みにあった。

「……頭が……痛い……？　これは……」

その日、目が覚めるとギンギンと剣をぶつけあうような痛みがニクを襲っていた。いや実は、もう何日も前から違和感はあったのだ。

最初は、冷えたジュースを口にしたときに感じた、目がチカッとする刺すような痛み。ジュースに毒が入っているかと思ったが、ニオイを確かめてもそんなこともなく。再度口に含んだ時には特に何事もなかった。

次は、次第にジュースを飲んだ後に痛みが走ることが増えてきた。チカッチカッと意識を直接吹き飛ばすような鋭い痛み。ご主人様から与えられたお菓子を食べても気がまぎれることはなく、むしろ痛みは加速する。試しにイチカに自分のお菓子を渡してみても、特に毒である様子もない。当然だ、ご主人様が自分に害のあるモノを食べさせるはずがないし、逆にもしそうであれば喜んで毒を食べるのみだ。そう考えたニクは、一口水を飲み――コップを落として割ってしまった。特に冷えているわけでもない水を飲んだ時にさえ、その痛みが襲ってきたのである。

そして、現在に至る。ニクは、困惑した。頭が痛い。痛くてたまらない。慢性的に襲い掛かる、剣で斬られるよりも強い痛み。ニクの頭は集中を欠き、仕事に支障がでてしまうこともあった。

ああ、自分は病気だ。このだんだん酷くなる痛み、死病に違いない。もはや痛みを抑えきれず、自分は主人の役に立つことも叶わないのでは——そう思うと、恐怖に尻尾が震えた。役に立たない奴隷は、処分されるのみであるが故に。処分されるのが怖いのではない。主人の役に立てなくなるのが怖かった。

悲壮な覚悟を決めるニク。奴隷筆頭の座を明け渡す決意をし、酷い頭痛を堪えて己が主人の下へ赴いた。

「ご主人様……」

「ん？　どうしたニク……具合が悪そうだな？」

しゅんと垂れた尻尾。やはりご主人様に隠しごとはできない。ニクは意を決して、自分が病気であること、痛みでもうまともに仕事ができないこと、そして、自分の病気が移ったら大変だから早く処分してほしいことを告げた。……無論心優しい主人は処分などするはずもなく、話を聞いて即座にもう1人の奴隷イチカに症状を確認するよう言付けた。

……ニクはイチカに医療の心得があるとは知らなかったが、経験豊富な彼女であればその心得があっても納得だ。次期奴隷筆頭に相応しい、いかなる診断でも受け入れようと、言われるままに口を開いた。

「あー。虫歯やなぁー」

「やっぱそうか。ありがとうイチカ」

ニクは、目尻に涙を浮かべつつ首を傾げた。

「むし……ば？」

「せや。上の奥歯が真っ黒や。ちゃんと歯ァ磨かんかったやろ先輩。だめやでー？　食いもん食ったらちゃんと歯ぁ磨かんと。【浄化】でもええのに」

「……」

思い起こせば、夕食後に軽い腹ごなしの鍛錬をした後、疲れてそのまま寝てしまうこともよくあったニク。朝起きてから【浄化】すれば大丈夫かと思っていたところはあった。言われてみれば、頭が痛いが、それは歯が中心となっている痛みのような気がする。

「むしば……これがそうだったのですか」

「せや。症状としては、今ニク先輩が感じてるままのモンやな。歯がボロボロになる病気……病気でええんかな？　ま、基本的に死ぬことは滅多にない代物やで。治すのも簡単や。すぐ治せるで」

どちらかと言えば、虫歯を堪え集中力を欠いた事故で死ぬとかそのくらいだ。そう聞いて、ニクは表情を変えぬままほろりと涙を流した。

「ちょ、そんなに虫歯が痛かったんか？」

「いえ、まだご主人様のお役に立てることが、嬉しいだけです」

「まったく、たかが虫歯で大げさやなぁ……」

ふぅ、とイチカはニクの頭を優しく撫でた。歯痛に響かないように。

「ところでイチカ。虫歯の治療ってどうやるんだ？」

と、心優しいご主人様が興味深そうに聞く。ニクも気になるので耳を傾けた。

「痛くもない程小さいのやったら、何度も丁寧に【浄化】かけて黒いの剝がして回復魔法かポーションで治すな。けど水が染みるくらいになると【浄化】がキツい。痛みに耐えて綺麗にした後、残ってる穴をウルフの牙とかで作ったパテで埋めて、同じく回復魔法かポーションや」

歯周病等はまとめて回復されるからいいのだが、ある程度大きな虫歯の穴は部位欠損扱いになり、穴を何かで埋めないといけないらしい。

「で、ほっといて痛いくらいのだと基本的には虫歯になった歯ぁスポッと抜いたほうが早い。あ、貴族ならそのあと部位欠損の回復魔法頼んだりもするけど、控えめに言ってお布施は金貨――ま、ウチらはご主人様が何とかできるからそこはええか」

ほっといて痛い程の虫歯に【浄化】を何度もかけるのは、正直死んだ方がマシというくらい痛いらしい。想像して、ニクは目から涙がにじむのを感じた。

「で、もちろん今回ニク先輩の症状を鑑みるに、スポッと抜いて回復魔法が一番手っ取り早いな！　いやー、これもうちょい早く相談してくれてたらなぁー。【浄化】と穴埋めで済んだかもしれへんのに」

「うぅう……」

びくっとニクは体を硬直させた。歯を抜く。その想像をして、血の気が引く。

「イチカ。わたし、なんか平気な気がしてきました。むしばが死なないのなら、耐えることで強くなれるのではないでしょうか」

「アホか。治さんとご主人様に嫌われるで？　なぁご主人様」

「そうだな。虫歯菌が血管から心臓に回って動脈硬化で死ぬって話も聞いたこともある。しっかり治すように」

「……はぅ、治します……」

ご主人様にそう命じられてしまっては、ニクは頷くしかない。

「なんかニクがすごく嫌そうな顔してるんだけど。……ちなみに【浄化】ナシで部位欠損回復魔法かけたらどうなるんだ？」

「ンなもん、歯の中に虫歯が残って意味ないだけやろ。しっかり清めなあかんでー」

もっともである。ニクは虫歯治療に向き合うしかなかった。

「歯はどうやって抜くんだ？」

「フツーにこんなん使うで」

そう言ってイチカが取り出したのは、ペンチであった。普通にモンスターの討伐証明部位となる牙を引っこ抜くための大きなペンチ。ま、まさかそれを、人の口の中に突っ込んでしまおうというのだろうか？　虫歯になった歯を挟んで、ベキッと？　ニクは思わず尻尾を足の間に挟んだ。

「他には？　麻酔とかないのか、こう、痛くないようにする薬というか」

「あー、ウチが聞いた話やと麻痺(まひ)毒とか使う手法もあるんやけど、資格が要るで。【デトックス】とかの毒抜きスキルがあっても肺や心臓が麻痺したら死ぬから、モグリに診せたらあかんよ？」

「資格かぁ、そういうのもあるのか……」

そういえば揚げ物についても地味に資格試験があったな、と思い返すご主人様。

「前に紹介した『紺碧(こんぺき)の魚亭』の主人おったやろ。アレ資格保持者で、歯医者が本業」

「ああ、あの赤ウニパスタの美味(うま)い店」

……毒のような、いや毒そのもののジワリとした苦みがして、ニクには合わなかったパスタである。ご主人様曰(いわ)く大人の味らしいが。

「んじゃ、そこで治療してもらうのが良いかな」

痛くない治療が、と聞いてニクはぴこんと尻尾を立てる。この際苦い毒も我慢する。

「それが先日アイディ様とした『ブラッディクラーケン』摘発の余波で、ウニ料理の内職がバレて今は牢屋（ろうや）ン中やて。もうしばらくは出てこれんなぁ……料理人としても歯医者としても腕は良かったんやけど」

「マジか。というかあれやっぱ違法だったのかよ」

「けどめっちゃ美味かったやろぉ？」

痛くない治療ができる望みが絶たれて、ニクは軽く絶望した。

「うーん、なるべく痛みを感じさせないようにしてやりたいところだけど……」

「安心してーな、ウチ、ウルフ系の討伐とかめっちゃやったし、歯ぁ抜くのは一瞬やから ご主人様がササッと回復かけてくれれば万事解決やで！」

カチンカチンとペンチを鳴らすイチカ。ふるふる、と首を横に振るニク。ぷるぷると足も震えている。ああ、ここまでの恐怖を味わったのは、50番コアに相対した時以来か。

「ニク。ここは覚悟を決めてやってもらうしかないな……」

「うう……歯をくいしばって耐えられないなんて……」

「口閉じてたら歯ぁ抜けんからな」

「せ、せめて、レイに……レイにしてもらうわけには……？」

「ん？　レイじゃ歯ぁ折って抜いたりできんやろ。攻撃力0やし」

そうだった。多分ペンチで歯を挟んだのち、うんともすんともできなくなるだけだろう。

と、再びの絶望を味わうニク。

「それでも、その大きなペンチを口の中に突っ込まれるのは、その、こ、怖いというか」

「確かに、動物を想定している大きなペンチやしなぁ」

小さなニクの口では、ペンチを口内に突っ込まれるのも大変だろう。さらに抜歯のためにぐりっとする。唇が裂けてしまうかもしれない。

「でもレイなら口を傷めずペンチを虫歯にセットできるな。それでグキッと折るところだけイチカにやってもらって、それからまたレイに任せるのはどうだ？」

「そんならいっそご主人様が歯抜くのに使いやすいペンチを作った方がええんちゃう？」

「……確かに。……あ。まてよ？　というかそもそも……」

と、ここでご主人様は考えた。

＊＊＊

「はーい、口開けてくださーい。【浄化】、【浄化】、【浄化】、【浄化】……」

聖女レイが、虫歯の治療を行う。その患者は、既に何もしなくとも歯が痛いレベルの重傷虫歯患者。残っている歯を一切削らず、虫歯だけを丹念に取り除くためその【浄化】は通常の治療のそれより遥（はる）かに多いものの、痛みは全くない。慈愛に満ちたオフトン教聖女の奇跡だった。これにより、何の痛みもなく口内の虫歯が清められ、歯が白さを取り戻し

ブル
ブル
ガギン
ガギン

ていく。

「……綺麗になりましたねー。それじゃあ穴を埋めて、形を整えて……」

さらにかなり乱雑に虫歯の穴をパテで埋める。痛覚むき出しの場所に無遠慮に触り、叩いて形を整えるなど、本来激痛で気を失ってもおかしくない所業。だが、これも聖女の奇跡により何の痛痒もない。むしろクセになる心地よささすら感じてしまう。

「教祖様、お願いします」

「あいよ。■■■■、■■■■──【ヒーリング】。んで仕上げの【浄化】っと」

最後に回復魔法。この段階では聖女の奇跡が要らないので教祖の手によるものだが、魔法がかかり終わるともはや虫歯の跡はどこにもなく、綺麗さっぱり治っていた。

「素晴らしい、これぞ奇跡だ！　ああ、なんて晴れやかな気分だ、オヤスミナサイ！」

「はいはい、オヤスミナサイ。お布施はあちらでどうぞ」

「これに懲りたら今後はちゃんと歯を綺麗にするんですよ。……次の方どうぞー」

「お、お願いします……」

かくして、ニクへの治療を切っ掛けに、聖女レイ（と回復要員の教祖）に新たな仕事が加わった。それがこの虫歯治療である。多くの患者は水が染みる程度にまで虫歯が進行してしまった人。たまに先ほどのような重症患者もくる。そして今のところ治療満足度は文句なしの100％である。

先日ツィーア領主から「頼むからもっと値上げしてくれ、従来の虫歯治療を行っている医者や教会の収入が――」と要望も来て基本料金をかなり値上げしたので、そろそろ客足も落ち着いてくれるだろうが……

「……まさか口コミだけでこれだけ広まるとはなぁ」

「虫歯って、自覚症状が出るころには大抵水に染みるようになってるそうですからね」

ツィーアの一般人は、冬にしか冷たい飲み物を飲まないのもザラなのである。そんな状況に気だるげなご主人様に比べ、レイはたくさん仕事ができて生き生きとしていた。

「ご主人様。今日の分は終わりです」

自分を切っ掛けにできてしまったお仕事に、ニクは申し訳なく思いつつ声をかける。

「ニク、ちゃんと歯は磨いたか？」

「はい。ばっちりです」

たとえ痛くない治療で済もうとも、ニクは、もう二度と虫歯になるものかと毎日きちんと歯磨きするようになった。ご主人様はそんなニクを褒め、ぽんぽんと頭を撫でた。

あとがき

「あの、スパナ先生……今回を除いて、あと3巻です」

なにを、とは、言い返さなかった。編集のＩさんにその言葉を告げられ、ついに来たかと遠い目をして空を仰ぐ……『絶対に働きたくないダンジョンマスターが惰眠をむさぼるまで』のカウントダウンが始まったのである。最終巻までの。

「遂に来てしまいましたか……」

「はい。できたとして、17巻が最大ですね」

そりゃ当然、いつまでも永遠に続くとは思っていなかった。当初から「最終巻を打ち切りにはしたくないので、ちゃんと次が最後ってときは最後って言ってくださいね」と言っていたし覚悟だってできていた。

……Ｗｅｂ連載開始から5年半。デビューした1巻が翌年なので、4年半。それだけの間出版してこれたのはやっぱり読者の皆が応援してくれたからだと思う。将来の夢ラノベ作家、その夢を立派に叶えて、その上に2桁も刊行してるので望外の成果とも言えよう。私にできる事は読者の期待に応え、最終巻まで書ききることだ。というかよく考えたら3巻も使えるって凄いな。皆の支援のおかげでかなり優遇されているのでは？　3巻の壁って言葉もあるのにあと3巻だ。むしろ17巻まで書いていいんだ？　わぁい！

うん、3巻分もの猶予をもぎ取ってくれた編集のＩさんありがとう！　というわけで、ダンぼるは次巻からフラグや伏線をこねこね丸めて回収していきますよ？　皆様、今までありがとう、もちろん今回もありがとう。そして最後までどうか宜しくお付き合いお願いします。

あわよくば次回作でもよろしくしたい所存ですし、完結してからのアニメ化っていう展開もなろう系では割とよくあるので、その方向でもプリーズ。オファー待ってます。

はい、というわけで今回のあとがきは6Pとなっております。既に1ページを埋めましたが、あと5Pもあるのでまたあとがき用SSでも書きますか？　それとも最近AA、アスキーアートを作るのにハマったりしてるのでロクコのAAを貼り付けても……あ、すいません締め切り間近なのでそんな遊んでる余裕がありませんでした。

ちなみにこの14巻発売に合わせてコミカライズ4巻が同時発売となっております。Web版でうっかり見逃してた箇所の修正や、コミカライズ用書き下ろしSSとかあるので、どしどし買っちゃってください。売れるコンテンツならアニメ化するってばっちゃが言ってた……おっと失礼、もう購入されていましたか！　ありがとうございます。皆様のおかげで私も執筆が続けられます。

……ああ、関係ない話なんですが、先日ファミレスに行ったとき「いらっしゃいませ、アルコール除菌にご協力いただきありがとうございましたー」って挨拶してたんです。

心理学的にお礼を先に言われると、やっていなかった人は「おっとこれはアルコール除菌しなきゃ」という気持ちになりやすいそうで。いや、本当にうまいやり方だなと思いました。皆さんも手洗いうがいをしっかりしましょうね。

はい、というわけで今回もネタバレありの14巻コソコソ話と行きましょう。過去の巻についても言及するため、もし「とりあえず最新刊だけ読んでみた！」という奇特な人がいれば特にネタバレ注意。

今回の14巻、まず13巻からの引継ぎでアイディが村にやってくることは確定でした。そもそもWeb版では魔国留学より先にゴレーヌ村に来てたんですが、6巻のオフトン教同様に前後した形になりますね。あ、13巻では12巻のいざこざが入った影響で大会スケジュールがズレたって話はしましたっけ？　まぁそんな感じで、大会に合わせて留学した結果アイディの留学が後回しになりました。

また、以前10巻で訪れた町へケーマ達がもたらした影響、そういうのも回収……ちょっと待って？　これ編集のIさんに「書いたらええんちゃう？」って言われて書いたとこなんですがもしかして後が最終巻へ向けて詰まるの知ってた？　一体いつから知ってたんですか……？　まぁ書きたいところのひとつだったのでいいんですが。

そしてアイディですが、何気に『ロクコ達が来たら魔国であんな素敵な催しがあったのだから、私も帝国への留学できっと！』とワクワクしていたため、余計にのんびりした空気にイライラして騒動が起きました。結果として色々企んでいた連中を見つけ、致命的になる前に潰すことに成功。

で、ここでも聖王国の影が出てくるわけですね。12巻で出ていた人工ダンジョン。そして、人工ダンジョンのコアからのスレイブ化。そこから乗っ取られて暴れるのは、今度は11巻での564番コアに似ており、ダンジョンに取り付くのはさながら8巻のダンジョンイーター。

さらには5巻でアイディとダンジョンバトルした際の再現バトルまで……と、今巻はこれまでの積み重ねが色々と生かされていますね。

ちなみにアブナイお薬の原材料になっていた赤ウニ。今回の書き下ろしSSでこっそり書いてますが、4巻の書き下ろしで書いたウニパスタが初出です。当時ニクは毒を警戒して食べませんでしたが、ちゃんと調理すれば美味しいウニ。……日本にいるガンガゼってウニもトゲに毒を持っていますね。さすがに毒の内容は違いますがやはりちゃんと調理すれば美味しい、しかし毒持ちなので漁師さんに嫌われてるタイプのウニ。食材としてはマイナーで釣りの餌扱い、1個百円。

ここで話をかえて翻訳機能の設定について。読み飛ばして何の不具合もないです。

ダンぼる世界において、日本で手に入るのと完全に同じ食材、というのはほぼありません。あるとすればケーマのような異世界人が持ち込んだモノ。しかし、なぜケーマはウニをちゃんと『ウニ』という呼び名で認識しているのか？　それはいままでの勇者が「これは『ウニ』だな」と認識したためです。

ダンぼるにおける勇者特典の翻訳機能さんは、基本、勇者由来のデータベースになっています。一度勇者の誰かが最初に「これは『リンゴ』だ」と認識した物体は、大多数の意識が変わらない限り『リンゴ』です。

そんなわけで「いいか、絶対やるなよ！」も、勇者の大多数が「『やれ』という意味」と認識していたら現地の人には『やれ』として通じたりしちゃうんですねー。しかも本人が「本当はやらなきゃいけないいから背中を押して欲しい」とか考えていたら尚更。

しかしこれには例外があり『勇者個人の認識』が優先されます。例えば、「あんぱん」を『スットコ』と言って現地人に教えた場合は、現地人は「『スットコ』＝あんぱんを示す言葉」と認識します。この時勇者は『スットコ』＝『スットコ』と認識しているので、あんぱんについて尋ね直すと「これは『スットコ』です」と聞こえるわけです。……ですが、その勇者が『スットコ』を完全に忘れた時に改めて聞くと「これはあんぱんです」と聞こえます。ここで「『スットコ』じゃなかった？」と思い出せるレベルだとまだ『スットコ』に聞こえるから、誰も気付きません。

で、初めて違和感が出るのは、他の勇者が絡む場合。

A「あんぱんを広めたんですね」

B「ああ、あんぱんじゃなくて『スットコ』って名前でな」

A「え？　あんぱんって言ってましたよ？」

B「え？　『スットコ』って言ってるだろ……んん？」

と、こんな感じに勇者同士が会話することでようやく翻訳機能さんが悪さしていることが発覚します。だから何だと言われたら、それだけなんですが。

以上、今後本編では語られることがないであろう翻訳機能さんの設定でした。

1巻の序盤でケーマはロクコに似たようなことをして何かを確かめようとしていましたが、実はロクコの認識が影響しているのではなく、ケーマが翻訳機能さんに翻弄されていただけだった……？

おっと、今回もあとがきが埋まったようです。それではまた次の巻で。

鬼影スパナ

絶対に働きたくないダンジョンマスターが惰眠をむさぼるまで 14

発　行　2020年11月25日　初版第一刷発行

著　者　鬼影スパナ
発行者　永田勝治
発行所　株式会社オーバーラップ
〒141-0031　東京都品川区西五反田 7-9-5
校正・DTP　株式会社鷗来堂
印刷・製本　大日本印刷株式会社

©2020 Supana Onikage

Printed in Japan ISBN 978-4-86554-783-2 C0193

※本書の内容を無断で複製・複写・放送・データ配信などをすることは、固くお断り致します。
※乱丁本・落丁本はお取り替え致します。下記カスタマーサポートセンターまでご連絡ください。
※定価はカバーに表示してあります。

オーバーラップ　カスタマーサポート
電話：03-6219-0850 ／受付時間 10:00～18:00（土日祝日をのぞく）

作品のご感想、ファンレターをお待ちしています

あて先：〒141-0031　東京都品川区西五反田 7-9-5 SGテラス5階　オーバーラップ文庫編集部
「鬼影スパナ」先生係／「よう太」先生係

PC、スマホからWEBアンケートに答えてゲット!

★この書籍で使用しているイラストの『無料壁紙』
★さらに図書カード（1000円分）を毎月10名に抽選でプレゼント!

▶https://over-lap.co.jp/865547832
二次元バーコードまたはURLより本書へのアンケートにご協力ください。
オーバーラップ文庫公式HPのトップページからもアクセスいただけます。
※スマートフォンと PC からのアクセスにのみ対応しております。
※サイトへのアクセスや登録時に発生する通信費等はご負担ください。
※中学生以下の方は保護者の方の了承を得てから回答してください。

オーバーラップ文庫公式 HP ▶ https://over-lap.co.jp/lnv/